渚くんを
お兄ちゃんとは呼ばない

~あたしだって好き~

夜野せせり・作
森乃なっぱ・絵

集英社みらい文庫

もくじ

鳴沢千歌《なるさわちか》
まんが好《ず》きの地味女子《じみじょし》。パパの再婚《さいこん》で、いきなりきょうだいができて…!?
高坂渚《こうさかなぎさ》
千歌《ちか》のクラスメートで学校《がっこう》1モテる。サッカークラブに所属《しょぞく》。

立花紗雪《たちばなさゆき》
転校《てんこう》してきた
渚《なぎさ》の幼《おさな》なじみ。
美少女《びしょうじょ》。

杉村《すぎむら》
千歌《ちか》のクラスメート。
なにかとひやかしてくる。

藤宮《ふじみや》せりな
千歌《ちか》のクラスメート
渚《なぎさ》のことが好《す》き。

高坂悠斗《こうさかゆうと》
渚《なぎさ》の兄《あに》の中学《ちゅうがく》1年生《ねんせい》。
王子様《おうじさま》のような
ルックス。

メグ
千歌《ちか》の親友《しんゆう》。
まんが・イラスト
クラブ所属《しょぞく》。

高坂《こうさか》みちる
渚《なぎさ》と悠斗《ゆうと》の母《はは》。
歯科医院《しかいいん》で働《はたら》いている。

あたし、鳴沢千歌《なるさわちか》。
小学《しょうがく》5年生《ねんせい》。
パパの再婚《さいこん》で、
きょうだいができることに。

だけどその男《おとこ》の子《こ》は……

学校《がっこう》1の
モテ男子《だんし》
渚《なぎさ》くん！
（しかもクラスメート）

えらそうな態度《たいど》の渚《なぎさ》くん。

だけどイジワルだったり、
やさしかったりする
渚《なぎさ》くんのことを

好《す》きになって
しまったの！

モテる渚《なぎさ》くんと
いっしょに
暮《く》らすことは
絶《ぜっ》対《たい》にヒミツ…。

なのに、渚《なぎさ》くんといっしょに
出《で》かけたところをクラスメートの
杉《すぎ》村《むら》にみつかってしまって…!?

つづきは小説《しょうせつ》をよんでね!

1．はじめてむかえるクリスマス

もうすぐ、クリスマス・イブ。

我《わ》が家《や》のリビングには、大《おお》きなツリーがおかれている。パパがはりきって、高《たか》さ2メートル以《い》上《じょう》もある、りっぱなツリーを注文《ちゅうもん》したんだ。

金色《きんいろ》のカラーボールやリボン、星《ほし》や雪《ゆき》だるまのオーナメントでかざりつけられて、すごくきらきらしてる。

あたしは、ツリーに巻《ま》きついたライトのスイッチをいれた。

とたんに、ぴかぴかとひかりがまたたきはじめる。

「きれい……」

うっとりしちゃうよ。

「まーたツリーながめてんのかよ、おまえ。もう夕方《ゆうがた》だぞ」

背後《はいご》からあきれ声《ごえ》がきこえて、はっとふりかえった。

「な、渚《なぎさ》くん！」

公園《こうえん》にサッカーにいっていた渚《なぎさ》くんが、もどってきていた。

「ライトまでつけて」

「い、いいじゃん。せっかくツリーかざったんだし、クリスマスまで楽《たの》しまなきゃ」

「しょーがねーヤツ」

苦笑《くしょう》すると、渚《なぎさ》くんはあたしのとなりにきた。

きらきらと星《ほし》のようにまたたく、クリスマスツリーのひかり。

渚《なぎさ》くんの大《おお》きな瞳《ひとみ》にもそのひかりが映《うつ》っている。吸《す》いこまれてしまいそうだよ。

肩《かた》がふれそうなほどすぐそばに、渚《なぎさ》くんがいる。

きゅうに意識《いしき》してしまって、あたしの心臓《しんぞう》はとくとくと高鳴《たかな》りはじめた。

クラスメイトの渚《なぎさ》くんは、ずっと遠《とお》い存在《そんざい》だった。

渚《なぎさ》くんはスポーツ万能《ばんのう》で、サッカーのクラブチームで活躍《かつやく》していて、いつもみんなの中心《ちゅうしん》にいる。きりっとした眉《まゆ》に大《おお》きな目《め》が、アイドルみたいにかっこいいから、当然《とうぜん》、女《おんな》の子《こ》にモテモテ。

いっぽうあたしは、まんがを描《か》くことだけがとりえの、さえない女《おんな》の子《こ》。ひかりのあたらないすみっこで、ひっそり息《いき》をしている。

同《おな》じクラスということ以外《いがい》にまったく接点《せってん》がなかったのに、あたしのパパと渚《なぎさ》くんのママのみちるさんが再婚《さいこん》して、きょうだいになってしまったんだ。

このことは、学校《がっこう》のみんなにはひみつにしている。

いっしょに暮《く》らしていることがばれたら、ひやかされたり、やっかまれてひどい目《め》にあわされたりしそうだもん。

いまのところ、知《し》っているのは、親友《しんゆう》のメグとさゆ、そして、まんが・イラストクラブの原口《はらぐち》先輩《せんぱい》だけ。

渚《なぎさ》くんの横顔《よこがお》を、ちらっと見《み》やった。

あたしたち、家族《かぞく》になってからいろいろあったけど。

もうすぐ、はじめてのイブをむかえるんだ……。

「あれ？　ずれてる」

ふいに、渚《なぎさ》くんがつぶやいた。

「ずれてる？　な、なにが？」

「てっぺんの星《ほし》。取《と》れて落《お》ちるぞ、あれ」

ツリーのてっぺんを見《み》あげると、たしかに、大《おお》きな星《ほし》のかざりがななめにかたむいて、いまにも落《お》ちてきそう。

「直《なお》さなきゃ！」

えー？　と、渚《なぎさ》くんは顔《かお》をしかめた。

「めんどくせー。母《かあ》さんかおじさんにやってもらおーぜ」

「ダメだよっ。いまやらなきゃ」

てっぺんの星《ほし》がかたむいてるなんて、せっかくのきれいなツリーが台無《だいな》しだもん。

さっそく、ふみ台《だい》にするためのいすを持《も》ってきた。これに乗《の》らなきゃ届《とど》かない。

渚《なぎさ》くんや、渚《なぎさ》くんのお兄《にい》ちゃんの悠斗《ゆうと》くんでさえ、背伸《せの》びしたっててっぺんには手《て》が届《とど》かなかったんだ。

「じゃ、おれ、部屋《へや》にもどるから。せいぜいがんばれよ」

「待《ま》って渚《なぎさ》くん。いす、おさえといてよ」

渚《なぎさ》くんは、はあーあ、とため息《いき》をつくと、いすの脚《あし》をおさえてくれた。

「さっさと直《なお》せよ？」

「う、うん」

いすに乗《の》って手《て》を伸《の》ばす。けど、星《ほし》に届《とど》かない。いすがツリーから離《はな》れすぎていたのかも。

あとちょっとで届《とど》きそうなのにな。

よっ、と背伸《せの》びした瞬間《しゅんかん》。

「ひゃっ……」

ぐらりとバランスをくずして、いすから落《お》ちそうになってしまった！

「おい！　千歌《ちか》っ！」

渚《なぎさ》くんが、とっさに、あたしを支《ささ》えようとしてくれた。

だけどいきおいは止《と》まらなくて、あたしは渚《なぎさ》くんを巻《ま》きこんで倒《たお》れてしまった。

どすん！

「……ってえ……。千歌《ちか》、おまえ、気《き》ぃつけろよ……」

「ご、ごめんなさ……、って、きゃあああっ！」

あたし。あたし、渚《なぎさ》くんを下《した》じきにしちゃってる！

光《ひかり》の速《はや》さで飛《と》びのいた。

やばい。やばいよ。事故《じこ》とはいえ、すごく密着《みっちゃく》してしまった……！

「ケガ。ないみたいだな」

「ご、ごめん。渚《なぎさ》くんはだいじょうぶ……？」

あたしの下《した》じきになって、どこか痛《いた》めてたらどうしよう。

足《あし》、とか。もしケガしてたら、サッカーの試合《しあい》にでられなくなっちゃう。

「おれは平気《へいき》。っつーか、おまえに任《まか》せずに、最初《さいしょ》からおれが直《なお》せばよかった」

渚《なぎさ》くんはゆっくりと立《た》ちあがって、あたしを見《み》おろした。

「おまえ、ちっこいし。どんくさいし。よく考《かんが》えたら、おまえにはキケンな作業《さぎょう》だった」

「ちょっ……、なに、その言《い》いかた！」

ちっこい？　どんくさい？

たしかにその通《とお》りだし、なんだかんだで、渚《なぎさ》くんにはたくさん助《たす》けてもらってる。

でも！　このえらそうな態度《たいど》はいただけない！

むすっとほおをふくらませて、ぎゅーっと、渚《なぎさ》くんをにらむ。

渚《なぎさ》くんは、ぷっとふきだした。

「なんだよ、その顔《かお》。フグみてぇ」

「フ、フグぅ!?」

ひどい！　頭《あたま》から湯気《ゆげ》がでそう！　むきになって言《い》いかえそうとした、そのとき。

がちゃりと、玄関《げんかん》のドアのひらく音《おと》がした。

「ただいまー」

やわらかい、のびやかな声《こえ》がひびく。

悠斗《ゆうと》くんだ。塾《じゅく》が終《お》わって帰《かえ》ってきたんだ。

「渚《なぎさ》と千歌《ちか》ちゃん、またケンカしてるの？」

あたしたちを見《み》るなり、悠斗《ゆうと》くんは苦笑《くしょう》した。

悠斗《ゆうと》くんは中学《ちゅうがく》1年生《ねんせい》。さらさらの髪《かみ》にふちなしのメガネが知的《ちてき》で、その奥《おく》の目《め》はやさしくて、いやしの王子様《おうじさま》って感《かん》じ。

顔《かお》だけじゃない。成績優秀《せいせきゆうしゅう》で料理《りょうり》上手《じょうず》で、中身《なかみ》もカンペキなんだ。

「ケンカじゃねーよ。千歌《ちか》が勝手《かって》にすねてるだけ」

「なっ……！」

まあまあ、と、悠斗《ゆうと》くんがあたしをなだめる。

渚《なぎさ》くんは勝《か》ちほこったように口《くち》の端《はし》をあげた。

あたしは、ふんっと顔《かお》をそらすと、リビングをでて2階《かい》へ駆《か》けあがった。

ぱたんと、自分《じぶん》の部屋《へや》のドアをしめる。

渚《なぎさ》くんは、むかつくことばっかり言《い》うし、あたしが「妹《いもうと》」だからってえらそうな態度《たいど》取《と》るし、口《くち》も悪《わる》い。

でもね、ふいに、やさしい顔《かお》を見《み》せるの。

あたしが泣《な》きそうになったり、落《お》ちこんでいたりしていると、まっすぐな言葉《ことば》ではげましてくれる。そういうとこ、本当《ほんとう》にずるい。

そんなの、好《す》きになるに決《き》まってるじゃん……。

学習机《がくしゅうづくえ》の上《うえ》には、描《か》きかけのまんが原稿《げんこう》が載《の》っている。

あたしがまんがを描《か》いていることを知《し》って、いちばんに応援《おうえん》してくれたのも渚《なぎさ》くんだった。

ふうっと息《いき》をつくと、あたしは机《つくえ》にむかった。

夕《ゆう》ごはんまでのあいだに、少《すこ》しでもすすめようかな。

11月《がつ》に、はじめて、まんが雑誌《ざっし》の賞《しょう》に投稿《とうこう》した。まだ結果《けっか》はでていない。

いま描《か》いているまんがも、冬休《ふゆやす》み中《ちゅう》にしあげて、また投稿《とうこう》できればいいなあって思《おも》ってる。

ちなみに、幼《おさな》なじみの恋物語《こいものがたり》。そうだ、クリスマスのシーンを描《か》き加《くわ》えようかな！

目《め》をとじると、まぶたのうらに、ツリーのきらめきがよみがえった。

もくもくと、妄想《もうそう》が広《ひろ》がる。

ふわふわの白《しろ》い雪《ゆき》が舞《ま》い落《お》ちる、イブの夜《よる》。どこからか、鈴《すず》の音《ね》が聞《き》こえるの。

あたしが窓《まど》の外《そと》をながめていると、そばに渚《なぎさ》くんがきて、そっとあたしの肩《かた》を抱《だ》いて……。

「ひゃあああっ！」

思《おも》わず、さけんでしまった！

顔《かお》が熱《あつ》いよ。

まんがの展開《てんかい》について考《かんが》えていたはずなのに、あたしってば、なんてことを！

机《つくえ》に顔《かお》をふせて、足《あし》をじたばたさせていると、とんとん、とドアがノックされた。

どうぞと返事《へんじ》をすると、かちゃっとドアがあいた。

「千歌《ちか》ちゃん、ごはんだよ」

入《はい》ってきたのは、みちるさんだ。

悠斗《ゆうと》くんと渚《なぎさ》くんのママのみちるさんは、きれいでやさしくて、とっても明《あか》るい。

「今日《きょう》はお鍋《なべ》だよ。パパも帰《かえ》ってきて、いま、特製《とくせい》のたれを準備中《じゅんびちゅう》。ねぎだれとごまだれの２種《しゅ》類《るい》だって」

「やったあ」

いつも、ごはんは、みちるさんとパパ、お仕事《しごと》から早《はや》く帰《かえ》ってきたほうがつくっている。いっしょにつくることもある。ふたりは、すごく仲《なか》がいいんだ。

机《つくえ》の上《うえ》を片《かた》づけていると、みちるさんがあたしの肩《かた》にそっと手《て》をおいた。

「千歌《ちか》ちゃん、あのね。24日《か》なんだけど」

クリスマス・イブ！

さっきの妄想《もうそう》がよみがえって、あたしの心臓《しんぞう》はどきんと跳《は》ねた。

「ちょうど、日曜日《にちようび》でしょ。家族《かぞく》でショッピングして、そのあとみんなでディナーにいこうかな、って。パパがイタリアンのレストランを予約《よやく》しているの」

イタリアンレストランで、クリスマスディナー！

「すてき！」

あたしが思《おも》わず声《こえ》をあげると、みちるさんは目《め》をかがやかせた。

「せっかくだから、とびっきりおしゃれしようね！　楽《たの》しみ〜！」

「うん！」

わくわくが止《と》まらない。早《はや》く24日《か》になりますように！

あたしの胸《むね》は、期待《きたい》ではちきれそうだった。

まさか、クリスマス・イブが、あたしの恋《こい》の運命《うんめい》を左右《さゆう》する日《ひ》になってしまうなんて。

このときは、夢《ゆめ》にも思《おも》っていなかったんだ……。

2. プレゼントのアイディア

「千歌《ちか》、なんかいいことあった？」

翌日《よくじつ》の朝《あさ》。ひとりで机《つくえ》にほおづえをついてもの思《おも》いにふけっていたら、メグに背中《せなか》をつつかれた。

「い、いいこと？　なんで？」

「だって千歌《ちか》、さっきからずーっとひとりでにやにやしてるんだもん」

メグはむふふと笑《わら》うと、あたしの耳《みみ》に口《くち》をよせた。

「もしや、高坂渚《こうさかなぎさ》と、なにかあった？」

「…………！　な、なんにもないよっ！」

「千歌《ちか》、赤《あか》くなってる。さては図星《ずぼし》だな？」

「もうっ。からかわないでよ」

ぷいっと、横《よこ》をむいた。

親友《しんゆう》のメグは、ショートカットに、赤《あか》いフレームのメガネがトレードマークの、さばさばした女《おんな》の子《こ》。イラストを描《か》くのが好《す》きで、まんが好《ず》きなあたしとは趣味《しゅみ》も似《に》ているし、すごく気《き》が合《あ》うんだ。

メグの言《い》うように、ほんとに渚《なぎさ》くんとなにかあったんならいいんだけどさ。

ただたんに、クリスマスの妄想《もうそう》が止《と》まらないだけだもん。

どんな服着《ふくき》ればいいのかな、とか。つい考《かんが》えちゃう。みちるさんがはりきってコーデしてくれそうな気《き》がするけど。

みちるさん、女《おんな》の子《こ》の洋服《ようふく》を見《み》るのが好《す》きらしくって、ときどき「これ、かわいいでしょ！」って買《か》ってきてくれるんだ。

渚《なぎさ》くんに、いつもとちがうあたしを見《み》せたいな……。

こんなあたしだって、好《す》きな人《ひと》には、やっぱり「かわいい」って思《おも》ってほしいもん。ほんのちょっとだけでもいいから……。

「千歌《ちか》、まーた自分《じぶん》の世界《せかい》に入《はい》ってる」

メグがやれやれとため息《いき》をつく。

そんなあたしたちのところへ、さゆがやってきた。

「おはよう。千歌《ちか》ちゃん、メグちゃん」

にっこり笑《わら》う、さゆ。もも色《いろ》の花《はな》がぱあっと咲《さ》いたような、ふんわりと可憐《かれん》な笑顔《えがお》。

さゆは、長《なが》いストレートの黒髪《くろかみ》がきれいな、超絶美少女《ちょうぜつびしょうじょ》。悠斗《ゆうと》くんと渚《なぎさ》くんの幼《おさな》なじみで、ひそかに悠斗《ゆうと》くんに片思《かたおも》い中《ちゅう》なんだ。

「ねえねえ、クリスマス会《かい》のプレゼント、ふたりはもう決《き》めた？」

さゆはきれいな眉《まゆ》をよせた。

「わたし、なにをつくればいいのか思《おも》いつかなくって」

「さゆは裁縫《さいほう》が上手《じょうず》だからいいじゃん！　ポーチとか、ランチョンマットとか、なんでもつくれるよ」

メグがこたえる。

クリスマス会《かい》……？

「やばっ……。あたし、すっかり忘《わす》れてた」

あたしは口《くち》に手《て》をあてた。

そうだった。この間《あいだ》の学級会《がっきゅうかい》で、２学期最後《がっきさいご》のイベントとして、クラスでクリスマス会《かい》をすることに決《き》まったんだった。

しかも、プレゼント交換《こうかん》をするから、それぞれ、なにか手《て》づくりのものを用意《ようい》しておかなきゃいけないんだった……。

「あたし、なにも考《かんが》えてないよ」

「あたしは家《いえ》にあるレース編《あ》みのコースターを持《も》っていくよ。自分《じぶん》じゃなくておばあちゃんがつくったやつだけど。さいきんハマったらしくって、売《う》るほどたくさんあるんだ」

と、メグ。

どうしよう。あたしはさゆみたいに手先《てさき》が器用《きよう》じゃないし、メグみたいに、つくってくれそうな家族《かぞく》もいない。パパや悠斗《ゆうと》くんは料理《りょうり》が得意《とくい》だけど、食《た》べ物《もの》はもちろんダメだし。

うーん、と、考《かんが》えこんでいたら。

「千歌《ちか》ちゃんはまんがが得意《とくい》なんだから、まんがを描《か》いたら？　綴《と》じて本《ほん》にするの」

と、さゆが言《い》った。

「いまからじゃ、お話《はなし》を考《かんが》えられないよ……。応募用《おうぼよう》の原稿《げんこう》もあるのに」

「じゃあ、イラストは？」

と、メグ。

「絵《え》だけ？」

あたしは顔《かお》をあげた。

「そう。カラーで、きれいなイラスト描《か》いたら？　千歌《ちか》のイラストだったら喜《よろこ》ぶ人多《ひとおお》いと思《おも》うよ」

「そうかなあ」

むしろ、もらって困《こま》るものナンバーワンって感《かん》じじゃない？

「いいと思《おも》う！　わたしだったらほしい。それに、千歌《ちか》ちゃんが将来有名《しょうらいゆうめい》なまんが家《か》になったら、プレミアがついたりして」

さゆが目《め》をかがやかせた。

「そんな、プレミアだなんて……」

ふたりとも、おだて上手《じょうず》なんだから！

チャイムが鳴《な》って、メグとさゆはそれぞれ自分《じぶん》の席《せき》にもどっていった。

カラーイラスト、か……。

そうだ、クリスマスカードにしたらどうかな？

だれに当《あ》たってもいいように、いつもの少女《しょうじょ》まんがテイストの絵《え》じゃなくて、もっとカラフルでポップなイラストとか……。

あっ、逆《ぎゃく》に、あわい水彩画《すいさいが》タッチのイラストでもいいかなあ？

両方《りょうほう》描《か》いて、５枚《まい》ぐらいのセットにしようかな。

あたしは、ひろげた算数《さんすう》のノートに、さらさらと落書《らくが》きをはじめた。

雪《ゆき》だるま、サンタクロースとトナカイ、クリスマスツリー……。

写真立《しゃしんた》てに入《い》れてかざってもさまになるような、おしゃれなイラストを描《か》きたいな。

もこもこと、雲《くも》みたいにイメージがふくらんでいく。

夢中《むちゅう》で描《か》いていたら、いきなり、すっと手《て》が伸《の》びてきて、ノートが取《と》りあげられた。

「え？」

顔《かお》をあげると、せ、先生《せんせい》！

「鳴沢《なるさわ》ー。いまはお絵《え》かきの時間《じかん》じゃないぞー？」

あちこちから、くすくすと笑《わら》い声《ごえ》が聞《き》こえる。

うう……。さいあく……。

あたしは首《くび》をすくめた。

でも、描《か》けそうな気《き》がする。クリスマスカード。カラーの練習《れんしゅう》にもなるしね！

よし。クリスマス会《かい》のプレゼントは、これでいこう！


授業《じゅぎょう》が終《お》わり、休《やす》み時間《じかん》になった。

つぎは理科室《りかしつ》に移動《いどう》。急《いそ》いで用意《ようい》をして、メグとさゆといっしょに廊下《ろうか》を歩《ある》いていたら……。

とつぜん、うしろから、ぽんっと肩《かた》をたたかれた。

だれ？

ふりかえると、渚《なぎさ》くんがいる！

が、学校《がっこう》で、こんなに堂々《どうどう》と話《はな》しかけてくるなんて！

わたわたとあわてふためくあたしをよそに、渚《なぎさ》くんはにやっと口《くち》の端《はし》をあげた。

「じゃ、あたしたち、先《さき》にいくね」

メグがあたしにささやく。

あたしたちの家庭《かてい》の事情《じじょう》だけじゃなく、あたしの渚《なぎさ》くんへの気持《きも》ちも知《し》っているメグとさゆは、意味深《いみしん》なまなざしをあたしにむけると、たたっと駆《か》け足《あし》で去《さ》っていった……。

渚《なぎさ》くんはあたしの腕《うで》を引《ひ》いて、近《ちか》くの教室《きょうしつ》へ。だれもいない視聴覚室《しちょうかくしつ》。

「ちょっと渚《なぎさ》くん！　みんなに見《み》られたらどうするの！」

ほんとに、はらはらしたんだから。

だけど渚《なぎさ》くんはすずしい顔《かお》で、

「杉村《すぎむら》とか、うるせー奴《やつ》いなかったから、べつにだいじょうぶだろ？」

なんて言《い》う。

杉村《すぎむら》は、クラスのおさわがせ男子《だんし》で、なにかとあたしたちのことをからかう。かなりしつこいから、要警戒人物《ようけいかいじんぶつ》！

だけど、あたしがもっともおそれているのは杉村《すぎむら》じゃない。もっとやっかいな敵《てき》がいるの。

と。渚《なぎさ》くんに、いきなり、ぴん、と人《ひと》さし指《ゆび》でひたいをはじかれた。

「おまえさ。算数《さんすう》の時間《じかん》、なんかしかられてたろ？　だっせーな」

「なによっ！　あたしが怒《おこ》られたの、そんなにおもしろい？　そんなことでわざわざ話《はな》しかけるなんて」

「おもしろいっつーか。兄《あに》として注意《ちゅうい》しとこうかな、的《てき》な？　去年《きょねん》より成績《せいせき》さがったら、冬休《ふゆやす》みは塾《じゅく》にいかせないと、って、おじさん言《い》ってたからさ」

「えっ！　うそっ」

それは困《こま》る！　冬休《ふゆやす》みはばりばり原稿《げんこう》を描《か》く予定《よてい》なのに！

「どーせ、まんがでも描《か》いてたんだろ？」

渚《なぎさ》くんは腕組《うでぐ》みをして、にっと笑《わら》った。

絶望的《ぜつぼうてき》な気分《きぶん》で、ちからなく首《くび》を横《よこ》にふる。

「クラスのクリスマス会《かい》の、プレゼントだよ。カードをつくろうと思《おも》ってデザインを考《かんが》えてたの」

そう答《こた》えると、渚《なぎさ》くんは大《おお》きな目《め》をさらに大《おお》きく見《み》ひらいた。

「やばっ。すっかり忘《わす》れてた。……苦手《にがて》なんだよなー、そういうの」

顔《かお》をしかめて、大《おお》きなため息《いき》をつく。

「……じゃ。おれ、そろそろいくから」

わしわしと後頭部《こうとうぶ》をかきながら、渚《なぎさ》くんは視聴覚室《しちょうかくしつ》からでていった。

なんだか元気《げんき》がないような……。

あたしも、もういかなきゃ。授業《じゅぎょう》がはじまっちゃう。

廊下《ろうか》にでると、先《さき》を歩《ある》く渚《なぎさ》くんのうしろすがたが見《み》えた。すっと背中《せなか》がまっすぐ伸《の》びていて、くやしいけど、やっぱりかっこいい。なんてことを、思《おも》っていたら。

「渚《なぎさ》く〜ん！」

背後《はいご》から、かん高《だか》い声《こえ》が聞《き》こえた。

この声《こえ》。藤宮《ふじみや》せりな！

せりなは、ひゅっと、風《かぜ》のようにあたしの真横《まよこ》をすりぬけて、渚《なぎさ》くんのもとへ走《はし》っていく。

せりなの、毛先《けさき》だけゆるくカールした長《なが》い髪《かみ》があたしのほおをかすめて、ふわっと、甘《あま》いバニラのかおりがひろがった。

せりなは渚《なぎさ》くんのとなりにならぶと、上目《うわめ》づかいでなにか話《はな》しかけている。

すると渚《なぎさ》くんは、ぷっとふきだして、笑《わら》いだした！

うう……。なに、しゃべってるんだろう。気《き》になるけど、聞《き》こえないよ。

ていうか近《ちか》いし！

渚《なぎさ》くんから、離《はな》れてよ〜！

……って。言《い》いたいけど、言《い》えない……。

あたしは、自分《じぶん》のノートと教科書《きょうかしょ》を抱《だ》きしめて、きゅっとくちびるをかんだ。

藤宮《ふじみや》せりな。5年《ねん》2組《くみ》の女王様《じょおうさま》。顔《かお》はかわいいしスタイルもいいし、服《ふく》も小物《こもの》もガーリィでセンスがよくて、おしゃれリーダー。

渚《なぎさ》くんにずっと片思《かたおも》いしていて、渚《なぎさ》くんと仲《なか》のいい女子《じょし》のことを、あからさまに敵視《てきし》している。

ぬけがけした女子《じょし》が、ひどい目《め》にあわされたってうわさもある。

男子《だんし》や先生《せんせい》の前《まえ》では明《あか》るくかわいくふるまっているから、男子《だんし》たちはせりなの気《き》の強《つよ》さを知《し》らないんだろうけど、女子《じょし》はみんなおそれている。

あたしだって、そう。渚《なぎさ》くんといっしょに暮《く》らしていることをかたくなにかくしているのも、せりながこわいから。

ていうか、すでにあやしまれていて、いやなことをされたり、言《い》われたりもしたんだ。

なんとかごまかしつづけないと、これ以上《いじょう》せりなににらまれたら、あたしの学校生活《がっこうせいかつ》、真《ま》っ暗《くら》闇《やみ》だよ。

あたしは、ふうっとため息《いき》をついた。

それにしても。渚《なぎさ》くんは、気《き》づいてないのかなあ？　せりなの気持《きも》ち。

まわりから見《み》たらバレバレなんだけど。渚《なぎさ》くんって、もてるわりに、自分《じぶん》のことにはにぶいから、いまいちなにを考《かんが》えているのかわかんない。

せりなのこと、どう思《おも》っているのかなあ……？

3. スクープされて、大《だい》ピンチ！

「ただいま」

「おかえり、千歌《ちか》ちゃん。寒《さむ》かったでしょ」

家《いえ》に帰《かえ》ると、みちるさんがでむかえてくれた。

みちるさんは、今日《きょう》は仕事《しごと》が休《やす》みで、家《いえ》にいる。

「ねえ、学校《がっこう》で工作《こうさく》の宿題《しゅくだい》がでたの？　渚《なぎさ》ってば、帰《かえ》ってくるなりこたつの上《うえ》を散《ち》らかして、難《むずか》しい顔《かお》してるんだけど」

みちるさんがため息《いき》をついた。

それって、きっとクリスマス会《かい》のプレゼントだ。

リビングにいくと、みちるさんの言《い》った通《とお》り。渚《なぎさ》くんは、こたつの上《うえ》に、空《あ》きびんや紙《かみ》ねんど、小石《こいし》や木《き》の枝《えだ》、いろんなものをごちゃごちゃ広《ひろ》げている。

「渚《なぎさ》くん、いったい、なにをつくるつもり？」

小石《こいし》、って。

渚《なぎさ》くんは腕組《うでぐ》みをして、けわしい顔《かお》をしている。

「……ペン立《た》て」

「は？」

「むかし夏休《なつやす》みの工作《こうさく》でつくったんだよ。空《あ》きびんに紙《かみ》ねんどをくっつけて、石《いし》とかでかざって色塗《いろぬ》ってさ」

「…………」

あたしはランドセルをおろすと、渚《なぎさ》くんのむかい側《がわ》にすわった。

「かざりをつけるんだったら、ビーズとか、かわいいボタンとか、きらきらしたのがいいよ」

小石《こいし》や小枝《こえだ》は、ちょっとなあ。

渚《なぎさ》くんは眉《まゆ》をよせた。

「そんなの持《も》ってねーし。千歌《ちか》、かわりにつくらね？」

「ダメだよそんなの！　あたしだって自分《じぶん》のぶんをつくらなきゃいけないのに」

それに、あたしもたいして持《も》ってないもんなあ。ビーズとか、そういうの。さゆはいっぱい持《も》ってそうだけど……。

「じゃあ、いまからなにか買《か》いにいく？」

そう言《い》われてふりかえると、みちるさんがにっこり笑《わら》っている。

「スーパーにいくついでに、１００円《えん》ショップによろうか？」

プレゼントにはなるべくお金《かね》をかけないようにって先生《せんせい》に言《い》われてるけど、１００円《えん》ショップだったら安《やす》くすむし、だいじょうぶだよね？

「渚《なぎさ》くん、いこうよ。かわいいの、いろいろ選《えら》んであげる」

「べつにかわいいのをつくるつもりはねーけど」

ぶつぶつ文句《もんく》を言《い》いつつも、渚《なぎさ》くんはこたつの上《うえ》を片《かた》づけはじめた。

あたしもカード用《よう》の紙《かみ》を買《か》わなくちゃ！


そして。あたしたちはみちるさんの車《くるま》にのって、１００円《えん》ショップにやってきた。

クリスマスのパーティグッズや、キュートなオーナメントがたくさん売《う》りだされていて、わくわくするよ〜。

しかも、ぜんぶ１００円《えん》だし。

「サンタさんの帽子《ぼうし》だ！　かわいい〜」

たとえば、この帽子《ぼうし》とワンピふうのサンタ衣装《いしょう》でコスプレして、渚《なぎさ》くんに、「はい、あたしからプレゼント！」みたいなこと、しちゃったりなんかして……！

「おい、千歌《ちか》」

渚《なぎさ》くんがあたしの腕《うで》を引《ひ》いた。

「なに関係《かんけい》ないもの見《み》てんだよ。おれの材料《ざいりょう》、見《み》つくろってくれるんだろ？」

「はーい」

まったく、しょうがないなあ。

渚《なぎさ》くんといっしょに、店内《てんない》をうろうろ。

「あっ。これ、いいんじゃない？　きらきらボタン」

「えー？　もっとシンプルなの、ねーの？」

「じゃあ、これは？」

くすんだシルバーのボタンを手《て》に取《と》った。

「ちょっとメタリックで、クールな雰囲気《ふんいき》だよ」

「ふーん……。悪《わる》くないじゃん」

渚《なぎさ》くん、気《き》に入《い》ったみたい。

思《おも》わず、ほおがゆるむ。

ちょっとでも渚《なぎさ》くんの力《ちから》になれたみたいで、うれしいよ。

だって、いつも助《たす》けてもらっているのは、あたしのほうだから。

「じゃあ、あたし、文具《ぶんぐ》コーナーにいくね」

「あっ。おれも。ちょうどノートがなくなりそうだったんだよ」

ふたりで、お店《みせ》のカゴを持《も》って歩《ある》いていたら。

いきなり、カシャッ！　と、音《おと》がした。

な、なに？

音《おと》のしたほうをふりむくと……。

「す、杉村《すぎむら》！」

「おふたりさん。こんなところでなにしてんの～？　デート？　どう見《み》てもデートだよなあ」

クラスのおさわがせ男子《だんし》・杉村聡史《すぎむらさとし》が、にやにや笑《わら》っている。

やばい、見《み》られた……！　さあっと、自分《じぶん》の血《ち》の気《け》がひくのがわかる。

渚《なぎさ》くんが、あたしを自分《じぶん》のうしろにさっとかくした。

「デートなわけねーだろ？　たまたま会《あ》ったんだよ」

「そんないいわけ通用《つうよう》しねーって。決定的証拠《けっていてきしょうこ》もおさえたんだからな」

杉村《すぎむら》はにやりと笑《わら》うと、手《て》にしていたスマホの画面《がめん》を、あたしたちにむけた。

「ふたりのラブラブデートを、ばっちり激写《げきしゃ》しちゃいました！」

う、うそでしょ！

「おまえ、なんでそこまでするんだよ。それ、貸《か》せよ」

渚《なぎさ》くんが杉村《すぎむら》につめよる。

「さわんなよ。これ、兄貴《あにき》のなんだから」

「じゃあデータ消《け》せよ」

「どうしよっかなあ〜」

杉村《すぎむら》のやつ、完全《かんぜん》に調子《ちょうし》にのってる。

「っつーか、マジでつきあってたんだな、おまえら。前《まえ》もグリーンタウンでちらっと見《み》かけたし。あのときは見《み》まちがいかもって思《おも》ってたんだけどさあ」

グリーンタウンは、近所《きんじょ》の大型《おおがた》ショッピングセンター。渚《なぎさ》くんといっしょに悠斗《ゆうと》くんへのプレゼントを買《か》いにいったとき、杉村《すぎむら》を見《み》かけた。やっぱり気《き》づかれていたんだ……！

「渚《なぎさ》〜！　千歌《ちか》ちゃん〜！　そろそろいくよー」

タイミング悪《わる》く、みちるさんがぱたぱたと駆《か》けてきた。

「あれって、渚《なぎさ》のかーちゃん？　マジかよ。親公認《おやこうにん》の仲《なか》かよ」

杉村《すぎむら》は目《め》を丸《まる》くした。待《ま》って、なにかを盛大《せいだい》にかんちがいしている？

「大《だい》スクープじゃん！」

杉村《すぎむら》はにやりと笑《わら》うと、

「じゃな。あしたの学校《がっこう》、楽《たの》しみにしてろよ」

片手《かたて》をあげてひらひらとふった。

「おい、ちょっと待《ま》てよ」

渚《なぎさ》くんが引《ひ》きとめるのもきかず、杉村《すぎむら》は忍者《にんじゃ》のようにすばやく去《さ》っていった。

やばい。やばすぎるよ……！

その日《ひ》の夜《よる》は、眠《ねむ》れなかった。

学校《がっこう》、休《やす》みたいけど。そうしたら、渚《なぎさ》くんだけがからかわれることになる。

渚《なぎさ》くんにいやな思《おも》いをさせて、自分《じぶん》だけが逃《に》げるわけにはいかないよ。

永遠《えいえん》にあしたがこなければいいのにって思《おも》った。

だけどやっぱり朝日《あさひ》はのぼる。

「いってきます……」

力《ちから》なくつげて家《いえ》をでる。いつになく北風《きたかぜ》が身《み》にしみるよ……。

重《おも》いからだをひきずるようにして、とぼとぼと学校《がっこう》へ歩《ある》いていると、あたしのランドセルを、うしろから渚《なぎさ》くんがくいっとひっぱった。

「ひゃっ」

「なに、この世《よ》の終《お》わりみたいなカオしてんだよ。杉村《すぎむら》のこと、気《き》にしてんだろ？」

「……………うん」

「べつにおれたち、あいつが思《おも》ってるみたいな関係《かんけい》じゃねーし。スルーするしかねーだろ。おれたちがムキになればなるほど、あいつはおもしろがるんだし」

「でも」

「ていうか、さ」

渚《なぎさ》くんはそこで言葉《ことば》を切《き》って、ちらっとあたしの目《め》を見《み》た。

「ていうか、なに？」

「ん。ま、いまはいいや。じゃ。おれ、友《とも》だちと待《ま》ち合《あ》わせしてるから」

結局《けっきょく》つづきの言葉《ことば》は言《い》わず、渚《なぎさ》くんは、たたっと駆《か》けていった。

渚《なぎさ》くん。なにを言《い》おうとしていたんだろう……。

ぐるぐる、ぐるぐる。考《かんが》えていたら学校《がっこう》についてしまった。

ゆっくりと深呼吸《しんこきゅう》して、思《おも》いきって教室《きょうしつ》へ足《あし》をふみいれると……。

黒板《こくばん》に、ピンクのチョークでばばんと書《か》かれた文字《もじ》が目《め》にとびこんできた。


熱《ねつ》・愛《あい》・発《はっ》・覚《かく》！

高坂《こうさか》❤鳴沢《なるさわ》

ね、ねつあい……。頭《あたま》がくらっとする。

そしてその文字《もじ》の下《した》には、あたしと渚《なぎさ》くんが、お店《みせ》のカゴを持《も》って、ふたりでしゃべっている写真《しゃしん》が貼《は》られている。

きのう撮《と》られた写真《しゃしん》……。しかも大《おお》きいサイズに引《ひ》きのばされている。

杉村《すぎむら》のやつ、わざわざプリントアウトまでしてきたんだ。

写真《しゃしん》のまわりには、たくさんのハートマークがおどっている。

ぼうぜんとしていたら、杉村《すぎむら》と、数人《すうにん》の男子《だんし》たちにかこまれた。

「おまえら、いつからつきあってんだよ〜」

「どっちからコクったワケ？」

「鳴沢《なるさわ》、地味《じみ》なクセにやるなあ」

「高坂《こうさか》のシュミ、わっかんねーわ」

つぎからつぎに、そんなことを言《い》われて。あ、あたし、パニック！

「や、やめて……」

消《き》え入《い》りそうな声《こえ》でつぶやいて、その場《ば》にしゃがみこんだ。

顔《かお》が、かあっと熱《あつ》くなる。

こ、こここコクるとか。つ、つきあうとか。

あたしはたしかに渚《なぎさ》くんのことが好《す》きだけど。好《す》きだけど。

それは、たいせつな、宝物《たからもの》みたいな気持《きも》ちなの。

こんなふうにさらされて、ふみにじられたくない！

「あれ？　鳴沢《なるさわ》、泣《な》いてる？」

杉村《すぎむら》が言《い》った。

「なっ！　泣《な》いてなんかないし！」

あたしは思《おも》わず立《た》ちあがった。ほんとはちょっと、涙《なみだ》が浮《う》かんでた。だけど、そんな弱《よわ》いところ、杉村《すぎむら》だけにはぜったいに見《み》せたくない！

きゅっと、目《め》じりを手《て》でぬぐった、そのとき。

「やめろよな。こんなガキくせーこと」

低《ひく》い、つめたい声《こえ》がした。はっとしてふりかえると、教室《きょうしつ》の入《い》り口《ぐち》に、渚《なぎさ》くんがいる。

ランドセルしょってるってことは、いま、きたんだ。待《ま》ち合《あ》わせしてた友《とも》だちが遅《おそ》かったのかな。あたしのほうが先《さき》に着《つ》いちゃってたんだ。

渚《なぎさ》くんはずんずんと黒板《こくばん》の前《まえ》まできて、写真《しゃしん》をひきはがした。

そのまま、くしゃっとまるめて、ごみ箱《ばこ》に放《ほう》り投《な》げる。

「ああ〜。よく撮《と》れてたのに〜。ま、データは兄貴《あにき》のスマホにあるからいいけど」

にやける杉村《すぎむら》を、渚《なぎさ》くんがするどくにらみつけた。

スルーするって言《い》ってたのに。渚《なぎさ》くん、思《おも》いっきり戦闘《せんとう》モードだよ！
ど、どうなっちゃうの？

4. ついにカミングアウト！

「杉村《すぎむら》、おまえさ」

渚《なぎさ》くんが杉村《すぎむら》につめよる。

「どんだけヒマなんだよ。こんな写真《しゃしん》まで貼《は》って」

渚《なぎさ》くんの怒《いか》りのこもったまなざしは、まっすぐに杉村《すぎむら》をとらえてはなさない。

「クラスメイト泣《な》かせてまで、みんなの注目《ちゅうもく》を集《あつ》めたいのか？」

渚《なぎさ》くんの言葉《ことば》を聞《き》いて、杉村《すぎむら》は、なぜかにやりと笑《え》んだ。

「ふうーん。そっかー」

ふふんと鼻《はな》を鳴《な》らす。

「なるほどねー。渚《なぎさ》ってば、鳴沢《なるさわ》が泣《な》いたからキレてんだな？」

ちょっと待《ま》って！　あたし、泣《な》いてない。かろうじて涙《なみだ》はひっこめたし！

「ちげーよ」

渚《なぎさ》くんもすぐさま否定《ひてい》した。だけど杉村《すぎむら》はうすい笑《え》みをうかべたまま。

「渚《なぎさ》って、鳴沢《なるさわ》のことになるとムキになるのなー。やっぱラブラブなんじゃん」

「だから、ちげーって」

「もう認《みと》めちゃえよ～。どうせ親公認《おやこうにん》の仲《なか》なんだしさ～」

親公認《おやこうにん》……！

クラスじゅうがざわめく。杉村《すぎむら》、もうやめて。

杉村《すぎむら》はさらに得意《とくい》げに鼻《はな》をふくらませた。

「こいつらのデート、渚《なぎさ》のかーちゃんもいっしょにいたんだよ！　千歌《ちか》ちゃーん、とか呼《よ》んでてさー。かんっぜんに嫁《よめ》って感《かん》じじゃん？　も、ケッコンすんじゃね？」

ひゅーっと、だれかが口笛《くちぶえ》を吹《ふ》いた。

みんなが色《いろ》めきたって、くちぐちに、「ガチで熱愛《ねつあい》じゃん！」とか、「いいなずけじゃん！」とか、勝手《かって》なことを言《い》ってさわいでいる。

やめて、やめて！

「ちがうっつってんだろ！」

渚《なぎさ》くんが大《おお》きな声《こえ》をあげた。みんなの視線《しせん》が、いっせいに渚《なぎさ》くんに集《あつ》まる。

「勝手《かって》なコトばっか言《い》ってんじゃねーよ。……なにも知《し》らないくせに」

渚《なぎさ》くんの低《ひく》い声《こえ》。クラスじゅうが、かたずをのんで渚《なぎさ》くんをみつめている。

まさか。まさか、渚《なぎさ》くん。

「鳴沢《なるさわ》は、おれの妹《いもうと》だ。親《おや》の再婚《さいこん》で、おれたちはきょうだいになった。いままでだまってたけど、そういうコトだから」

い、い、言《い》っちゃった！

うそでしょ！

教室《きょうしつ》は、波《なみ》が引《ひ》くようにしずまりかえった。その、一瞬《いっしゅん》の沈黙《ちんもく》のあと。

すぐに、わあああっと、嵐《あらし》みたいなどよめきが巻《ま》き起《お》こる。

あたしはぼうぜんと立《た》ちすくんだまま。

渚《なぎさ》くんはずんずんと自分《じぶん》の席《せき》へ歩《ある》いていく。

メグとさゆが、あたしのそばに駆《か》けよってきてくれた。

「だいじょうぶ？　千歌《ちか》ちゃん」

さゆがそっとあたしの手《て》を取《と》った。

「う、うん……」

「これからきっと、さらに大変《たいへん》なことに……」

メグがつぶやく。あたしは、ごくりとつばを飲《の》みこんだ。

おそるおそる、せりなを探《さが》す。あたしがいちばん恐《おそ》れている、女王様《じょおうさま》を。

せりなは自分《じぶん》の席《せき》にいた。

とりまきの女子《じょし》にかこまれているけど、なにも言《い》わず。あたしのほうも、渚《なぎさ》くんのことも見《み》ず。

うっすらと青《あお》ざめてはいるけど、怒《おこ》っている感《かん》じじゃない。

眉《まゆ》をよせて、なにかを考《かんが》えこんでいるような……。

チャイムが鳴《な》った。がらりと扉《とびら》がひらく。

「なにやってるんだ！　みんな、静《しず》かに！」

先生《せんせい》がきた。みんながいっせいに自分《じぶん》の席《せき》にもどっていく。

それでひとまず、この大混乱《だいこんらん》はおさまった。

休《やす》み時間《じかん》になると、杉村《すぎむら》たち、一部《いちぶ》の男子《だんし》がふたたびさわぎはじめたけど、こんどは渚《なぎさ》くんは完全無視《かんぜんむし》をきめこんで、なにも言《い》わない。

ふだんから渚《なぎさ》くんと仲《なか》のいい、中心《ちゅうしん》グループの男子《だんし》たちも、しずかに見守《みまも》っている感《かん》じ。

女子《じょし》たちは……。ひそひそとなにか耳打《みみう》ちしあっているけど、表立《おもてだ》ってはなにも言《い》ってこず。それは、ボスのせりながなにも言《い》わないから。いつもそう。女子《じょし》たちの行動《こうどう》は、つねにせりなにしばられている。

バカみたい。

本当《ほんとう》にいやになっちゃう。だけど、せりながなにも言《い》ってこないことにほっとしているあたしも、みんなと同《おな》じだ。

もう、ため息《いき》しかでないよ。まさか渚《なぎさ》くんが、あたしたちのひみつを、みんなの前《まえ》でうちあけてしまうなんて。

それから一日中《いちにちじゅう》、びくびくしながらすごしたけど、結局《けっきょく》、せりながあたしになにか言《い》ってくることはなかった。

帰《かえ》りじたくをして、メグとさゆといっしょに校舎《こうしゃ》をでる。

交差点《こうさてん》でふたりとわかれてひとりになると、どっとつかれが両肩《りょうかた》にのしかかってきた。

葉《は》っぱをおとしたけやき並木《なみき》の枝《えだ》が、さびしげにゆれている。

空《そら》は灰色《はいいろ》の雲《くも》におおわれて、どんよりと重《おも》い。

ついきのうまで、クリスマス気分《きぶん》でうかれていたのに。

クリスマスといえば、プレゼント用《よう》のカードも描《か》かなきゃ。クリスマス会《かい》は来週《らいしゅう》にせまっているし。というか、そのころにはあたし、いったいどうなっているんだろう。

とぼとぼと歩《ある》いていると、

「千歌《ちか》！」

うしろから名前《なまえ》を呼《よ》ばれた。立《た》ち止《ど》まって、ふりかえる。

「……渚《なぎさ》くん」

渚《なぎさ》くんが早足《はやあし》であたしを追《お》いかけてきていた。

「千歌《ちか》。その、……悪《わる》かった。スルーしようって言《い》ったのはおれなのに。かっときて、ばらしてしまった」

「……ん」

あたしはなにも言《い》えずに、うつむいた。

ふたりならんで、ゆっくりと歩《ある》きだす。

「実《じつ》は、ずっと考《かんが》えてたんだ。そろそろ、おれたちが家族《かぞく》になったこと、みんなに言《い》うべきなんじゃないかって。かくしつづけるのも無理《むり》があるし」

渚《なぎさ》くん、そういえば前《まえ》もそんな感《かん》じのことを言《い》っていた。きっと、今朝《けさ》言《い》いかけてやめたのも、このことだ。

それに、と渚《なぎさ》くんはつづける。

「しばらくは色々《いろいろ》からかわれるかもしれないけど、今日《きょう》みたいに、その、……つきあってる、とか、そういう誤解《ごかい》されることは、なくなると思《おも》うし」

「それは……」

そうかもしれない。けど。

渚《なぎさ》くんは知《し》らないいんだもんね、女子《じょし》の事情《じじょう》。

自分《じぶん》がせりなにすごく想《おも》われていること。ううん、せりなだけじゃない。きっと、たくさんの女子《じょし》が、渚《なぎさ》くんに片思《かたおも》いしている。

そういう女《おんな》の子《こ》たちから見《み》れば、渚《なぎさ》くんといっしょに暮《く》らしている、あたしという存在《そんざい》は……。

ふいに、渚《なぎさ》くんが歩《ほ》を止《と》めた。

「どうしたの？」

渚《なぎさ》くんは、けわしい顔《かお》をして、あたりを見《み》まわしている。

「なんか……。おかしな気配《けはい》を感《かん》じて」

「えっ？」

こわいよ。ひょっとして、小学生《しょうがくせい》に声《こえ》をかける、不審《ふしん》な人物《じんぶつ》が身《み》をひそめているの？

「とにかく、急《いそ》いで帰《かえ》ろう。千歌《ちか》、おれから離《はな》れるなよ？」

「う、うん」

渚《なぎさ》くんは歩《ほ》を速《はや》めた。あたしも早足《はやあし》で渚《なぎさ》くんのとなりを歩《ある》いていく。

心臓《しんぞう》がどきどきする。不安《ふあん》で、自分《じぶん》の顔《かお》がこわばっているのがわかる。

渚《なぎさ》くんの表情《ひょうじょう》も、かたい。

信号《しんごう》が赤《あか》に変《か》わって、立《た》ち止《ど》まった。そのとき。

ふいに視線《しせん》を感《かん》じて、うしろをふりかえった。

だけど……。

「だれもいないな」

渚《なぎさ》くんがつぶやくように言《い》った。

「渚《なぎさ》くんも感《かん》じた？　視線《しせん》っていうか、気配《けはい》っていうか」

こくりと、渚《なぎさ》くんはうなずく。

「やっぱりだれかにつけられてるみたいだ。だけど、よかった。千歌《ちか》がひとりじゃなくて」

「えっ……」

信号《しんごう》が青《あお》に変《か》わった。

「だいじょうぶだ、おれがいるから。いくぞ、千歌《ちか》」

「う、うん」

渚《なぎさ》くんがあたしの腕《うで》をひく。

こんなときなのに、あたし、ときめいてしまうなんて。だって、まるで「おれが守《まも》る」って言《い》ってくれてるみたいで。

ダメダメ、期待《きたい》しちゃ。「お兄《にい》ちゃん」としての、責任感《せきにんかん》で言《い》っただけなんだから。

そして、ようやく家《いえ》についた。ほっと胸《むね》をなでおろす。

渚《なぎさ》くんが門扉《もんぴ》をひらいて敷地《しきち》に入《はい》る。あたしもつづいて入《はい》ろうとしたら。

「……鳴沢《なるさわ》さん」

えっ。

どきりと、心臓《しんぞう》が縮《ちぢ》んだ。だって、この声《こえ》は。

ゆっくりと、ふりかえる。

「……藤宮《ふじみや》さん」

なんで、どうして、せりながここに。

「……本当《ほんとう》だったんだ。渚《なぎさ》くんと鳴沢《なるさわ》さんが、きょうだいになった、って」

せりながつぶやく。そのきれいな顔《かお》が、青《あお》ざめている。

「この家《いえ》で、いっしょに暮《く》らしてるんだ……」

せりなの目《め》が、あたしをとらえた。

「ゆるせない……」

きつく、にらみつけられる。

あたし。あたし、動《うご》けない。

5・なぞの脅迫状《きょうはくじょう》

ずっとあたしたちを追《お》いかけてきていたあやしい気配《けはい》。ときおり感《かん》じた視線《しせん》。

その正体《しょうたい》は、せりなだったんだ……。

「藤宮《ふじみや》？　どうしたんだよ」

家《いえ》の中《なか》に入《はい》りかけていた渚《なぎさ》くんがもどってきた。せりなを見《み》て、目《め》を丸《まる》くしている。

「まさかずっと、おれたちのあとをつけてた……？」

せりなはあわてて首《くび》を横《よこ》にふった。

「ちょ、ちょっと。鳴沢《なるさわ》さんに話《はなし》があって、それで。ごめんなさい」

「千歌《ちか》に？」

「……その。渚《なぎさ》くんは外《はず》してくれる？」

渚《なぎさ》くんはいぶかしげに眉《まゆ》をよせたけど、すぐに「わかった」と言《い》って、先《さき》に家《いえ》へ入《はい》った。

あたしに、話《はなし》……。

渚《なぎさ》くんのすがたが見《み》えないことを確認《かくにん》すると、せりなは、あたしにむき直《なお》った。

「ずっと、おかしいなって思《おも》ってた。どうして渚《なぎさ》くんは、あなたみたいな目立《めだ》たない子《こ》のことを気《き》にかけるんだろう、って。1学期《がっき》は全然《ぜんぜん》そんなことなかったのに、いったいなんなの？　って」

それは、あたしたちが同居《どうきょ》をはじめたのが夏休《なつやす》みから、だから。

それからだんだん、おたがいの好《す》きなものや、がんばっていることを、知《し》っていったから。

「家族《かぞく》」に。「きょうだい」に。なりはじめたから。

せりなはさらにつづける。

「自分《じぶん》の目《め》でたしかめるまでは信《しん》じないって思《おも》ってた。でも、鳴沢《なるさわ》さんと渚《なぎさ》くん、いっしょに帰《かえ》ってるし。いっしょの家《いえ》に入《はい》っていこうとしてるし」

いつもの、甘《あま》い、かん高《だか》い声《こえ》じゃない。

こみあげるいろんな感情《かんじょう》をおさえているような、低《ひく》い声《こえ》。

「あ、あの」

なにか言《い》わなきゃ。でも、なにを？

「ずるい」

「……えっ」

「鳴沢《なるさわ》さん、ずるい。なんの努力《どりょく》もしてないくせに、どうしてあなたみたいな子《こ》が、渚《なぎさ》くんといっしょに暮《く》らせるの？　千歌《ちか》、なんて、名前《なまえ》で呼《よ》ばれて」

そ、そんな。

「あたしは毎日《まいにち》がんばってるのに。おしゃれも自分《じぶん》みがきもがんばってるのに。渚《なぎさ》くんのそばにいたくて必死《ひっし》なのに。なのに」

せりなの声《こえ》が、しだいに熱《ねつ》をおびてきて。

その目《め》に、怒《いか》りの火《ひ》がともっていて。その火《ひ》が、どんどん燃《も》えあがっていって。

いまにもつかみかかってきそうないきおいで。

あたしは思《おも》わず、あとずさった。

「ずるいよ！　なんであなただけ、そんなにラッキーなの？　めぐまれてるの？」

めぐまれてる？　あたしが？

それは……。ちがう。ちがうと思《おも》う。

だけど、ただ胸《むね》がもやもやするだけで、うまく気持《きも》ちを言葉《ことば》にできない。

言《い》いかえそうとするけど、口《くち》の中《なか》がからからにかわいて、なにも言《い》えない……。

せりなはきゅっと口《くち》を引《ひ》き結《むす》んだ。

さいごに、大《おお》きな瞳《ひとみ》にありったけの力《ちから》をこめてあたしをにらみつけると。

立《た》ちすくんだままのあたしをおいて、走《はし》り去《さ》っていった……。

あたしは、へなへなとその場《ば》にくずれ落《お》ちた。

こわかった。泣《な》いてしまいそうだった。

そして、それ以上《いじょう》に。なにも言《い》いかえせない自分《じぶん》が、ふがいなくて。もどかしい……。

がっくりと肩《かた》を落《お》として、玄関《げんかん》のドアをあける。

すると、渚《なぎさ》くんのくつが脱《ぬ》ぎ散《ち》らかされているのが、目《め》に入《はい》った。

しょうがないなとため息《いき》をついて、くつを

そろえてあげる。

ふいに、胸《むね》が苦《くる》しくなった。こんなことがあたり前《まえ》にできるのも、せりなから見《み》たら、「ずるいこと」で、「めぐまれていること」なんだよね。

あしたからあたし、どうすればいいんだろう。

リビングのクリスマスツリーが、きらきらとまぶしい。てっぺんの星《ほし》も、本当《ほんとう》の一番星《いちばんぼし》みたいに、かがやいている。

そして、その横《よこ》のこたつで、渚《なぎさ》くんが「ペン立《た》て」をつくっていた。

「話《はなし》、終《お》わったのか？　千歌《ちか》」

「うん。っていうか、それ、なんで自分《じぶん》の部屋《へや》でつくらないの？」

せりなとなにを話《はな》したのか聞《き》かれたくなくて、話《はなし》をそらした。

「散《ち》らかすと兄《にい》ちゃんがこわいから。あいつ、マジで几帳面《きちょうめん》すぎ」

渚《なぎさ》くんが思《おも》いっきり眉間《みけん》にしわをよせるから、あたしは思《おも》わず、くすりと笑《わら》ってしまった。

紙《かみ》ねんどをぬりつけられた空《あ》きびんに、ボタンをくっつけていく渚《なぎさ》くん。あたしが選《えら》んであげたボタンだ。

おせじにも上手《じょうず》とはいえない出来《でき》だけど、一生懸命《いっしょうけんめい》つくっている。

大好《だいす》きなサッカーだけじゃなくって、苦手《にがて》なことも、やりはじめると真剣《しんけん》になっちゃうんだ。

あたしもカードを描《か》こう。気《き》が重《おも》いけど、やることはやらなくっちゃ。

カードは5枚《まい》セットにしようと決《き》めていた。デザインも大《おお》まかに考《かんが》えてある。

あたしは自分《じぶん》の部屋《へや》で、カードにえんぴつで下書《したが》きをはじめた。

大《おお》きな袋《ふくろ》をかかえたサンタさんと、トナカイを描《えが》いていく。

絵《え》を描《か》いているときは、頭《あたま》の中《なか》から心配事《しんぱいごと》が消《き》える。

せりなの刺《さ》すようなまなざしも、あたしをからかった杉村《すぎむら》たちのことも。


そして、つぎの日《ひ》。

登校《とうこう》してすぐ、いつもと雰囲気《ふんいき》がちがうことに気《き》づいた。

5年《ねん》2組《くみ》の前《まえ》の廊下《ろうか》に、妙《みょう》にたくさんの人《ひと》がいて、教室《きょうしつ》をのぞきこんでいるんだ。

ほかのクラスの人《ひと》とか、上級生《じょうきゅうせい》や、下級生《かきゅうせい》もいるみたい。それも、女《おんな》の子《こ》ばかり。

あたしがきたことに気《き》づくと、こっそり指《ゆび》をさしてひそひそささやきはじめた。

「ほら、あの子《こ》」

「うっそ、マジ？」

……聞《き》こえてるんですけど。

渚《なぎさ》くんとあたしの事情《じじょう》が、もう学校中《がっこうじゅう》に広《ひろ》まってしまったんだ。

それできっと、渚《なぎさ》くんと同居《どうきょ》してるのがどんな子《こ》なのか、たしかめにきたんだ……。

やっぱりあの子《こ》たち、みんな渚《なぎさ》くんのファン、ってことだよね。

突《つ》き刺《さ》すようなたくさんの視線《しせん》がこわくて、逃《に》げるように教室《きょうしつ》に入《はい》ると、杉村《すぎむら》とすぐに目《め》が合《あ》った。

杉村《すぎむら》は、にぃーっといやらしい笑《え》みをうかべると、すでに教室《きょうしつ》にいる渚《なぎさ》くんのほうにいって、なにか耳打《みみう》ちした。

渚《なぎさ》くんは相変《あいか》わらず、無視《むし》を決《き》めこんでいる。

ため息《いき》がでた。まだこりないんだ、杉村《すぎむら》のやつ。

女子《じょし》たちは……。教室中《きょうしつじゅう》を見《み》まわしてみるけど、あたしと目《め》が合《あ》いそうになると、みんな気《き》まずそうにぱっと視線《しせん》をそらした。

しょうがないのかな……。だって、きのう、あれだけせりなに言《い》われたあとだし、ほかの女子《じょし》たちに、あたしを無視《むし》するように指令《しれい》がくだっていてもふしぎじゃない。

そう思《おも》って、ちらりと、せりなの席《せき》のほうに視線《しせん》をむけた。

どきっとした。

せりなの目《め》が赤《あか》い。まぶたも少《すこ》し腫《は》れている。

ゆうべ、たくさん泣《な》いたの？

せりなの机《つくえ》を取《と》りかこむように集《あつ》まっている女子《じょし》たちが、あたしをちらちら見《み》た。

あたしはあわてて目《め》をそらし、教科書《きょうかしょ》とノートをランドセルからだして、机《つくえ》の中《なか》にしまった。

指先《ゆびさき》にうまく力《ちから》が入《はい》らなくて、思《おも》わず、ノートを取《と》り落《お》としてしまう。

いつも強気《つよき》なせりなが、あんなに泣《な》きはらしたような目《め》をしているなんて。

まるで自分《じぶん》が泣《な》かせたみたいで、胸《むね》が痛《いた》む。だけど、だけど。

あたしはそんなに、悪《わる》いことをしてるの？

あたしはそんなに、ずるいの？

休《やす》み時間《じかん》のたびに、メグとさゆは、あたしの席《せき》にきてくれた。

杉村《すぎむら》たちはちょくちょく色々《いろいろ》言《い》ってくるけど、せりなや、そのとりまきの子《こ》たちは、なにも言《い》ってこない。

午前中《ごぜんちゅう》の授業《じゅぎょう》が終《お》わり、昼休《ひるやす》みは3人《にん》で図書室《としょしつ》へ。

「このまま、ほとぼりがさめるのを待《ま》つしかないね」

パラ見《み》していた本《ほん》を棚《たな》にもどしながら、メグが小声《こごえ》で言《い》った。

ちいさく、うなずく。ばれてしまったものは、もうどうしようもないんだし。

せめてこれ以上《いじょう》、なにも起《お》こりませんように。そう、強《つよ》く願《ねが》っていたのに。

それは、5時間目《じかんめ》がはじまる前《まえ》、教科書《きょうかしょ》を準備《じゅんび》しようとしていたときだった。

「……ん？」

机《つくえ》の中《なか》から、ぱさっと、なにかが落《お》ちてきたんだ。

四《よ》つ折《お》りにされた、ルーズリーフ。あたしのものじゃない。

なにげなくひろいあげて、あけてみると。

「なに？　これ」

大小《だいしょう》さまざまな、新聞《しんぶん》や雑誌《ざっし》の見《み》だしの文字《もじ》が、たくさん切《き》り貼《ば》りされているのが、目《め》にとびこんできた。

文字《もじ》の羅列《られつ》は、文章《ぶんしょう》になっている。

高《こう》・坂《さか》・君《くん》・か・ラ・は・な・レ・ろ
家《いえ》・か・ら・で・て・い・ケ

――高坂君《こうさかくん》から離《はな》れろ。家《いえ》からでていけ

……？

さあっと、血《ち》の気《け》が引《ひ》いた。

この手紙《てがみ》は、あたし宛《あて》のもの……。

チャイムが鳴《な》った。ドアがあいて、先生《せんせい》が入《はい》ってくる。

あたしはあわてて、なぞの手紙《てがみ》を机《つくえ》の中《なか》に押《お》しこんだ。

どきどきと、心臓《しんぞう》が音《おと》をたてている。

授業《じゅぎょう》がはじまっても、「高坂君《こうさかくん》から離《はな》れろ」という文字《もじ》たちが、頭《あたま》の中《なか》に貼《は》りついて離《はな》れない。

先生《せんせい》の話《はなし》も、クラスメイトの発表《はっぴょう》も、頭《あたま》の中《なか》を素通《すどお》りしていく。ノートをとろうとしても、手《て》がふるえてうまく字《じ》が書《か》けない。

でていけ、って……。渚《なぎさ》くんとあたしが暮《く》らす、いまの家《いえ》から、ってことだよね？

あたしたちがいっしょに暮《く》らしていることを、よくは思《おも》わない子《こ》たちもいるって、わかってたけど。まさか、ここまできらわれてしまうなんて。

5時間目《じかんめ》が終《お》わって。6時間目《じかんめ》も終《お》わって。

帰《かえ》りのホームルームのあと、みんなが教室《きょうしつ》からでていっても。あたしは自分《じぶん》の席《せき》で、ぼうっとしていた。

「千歌《ちか》。どうしたの？」

そっと肩《かた》をたたかれて、はっとわれに返《かえ》る。

メグとさゆが、眉《まゆ》をよせて、心配《しんぱい》そうなまなざしをあたしにむけていた。

「ずっと、心《こころ》ここにあらずって感《かん》じだよ。なにかあったの？」

さゆがあたしの机《つくえ》の前《まえ》にしゃがんで、あたしの目《め》をじっとみつめた。

メグ。さゆ。

あたしはゆっくりとまわりを見《み》まわした。教室《きょうしつ》には、あたしたち以外《いがい》にはだれもいない。

思《おも》いきって、机《つくえ》の中《なか》から例《れい》のあやしい手紙《てがみ》を取《と》りだして、広《ひろ》げた。

「なにこれ！」

メグがメガネの奥《おく》の目《め》をまるくする。

「ドラマで、こういうの見《み》たことある。誘拐犯《ゆうかいはん》の脅迫状《きょうはくじょう》！」

「あっ。わたしも見《み》たことある！」

さゆも声《こえ》をあげた。そしてすぐに、眉《まゆ》をひそめる。

「でも、ひどいね……」

ぽつりと、つぶやいた。

あたしたち3人《にん》は、無言《むごん》で、なぞの脅迫状《きょうはくじょう》をみつめていた。

「千歌《ちか》」

しばらくして、メグが、重《おも》い口《くち》をひらいた。

「これ、先生《せんせい》に言《い》ったほうがいいと思《おも》う。あたしが言《い》いにいってあげようか？」

あたしはゆっくりと、首《くび》を横《よこ》にふった。

「たぶん先生《せんせい》に言《い》っても、犯人《はんにん》はでてこない。それに」

涙《なみだ》があふれそうになって、さゅっとこぶしでふいた。

「渚《なぎさ》くんに、知《し》られたくない」

自分《じぶん》と暮《く》らしているせいで、あたしがこんな手紙《てがみ》を受《う》けとってしまったなんて、渚《なぎさ》くんには、ぜったいに知《し》られたくないの。

メグはだまって、あたしの頭《あたま》をなでてくれた。

「これって、やっぱり藤宮《ふじみや》さんたちがやったのかな」

さゆがぽつりと言《い》った。

「わからない。ちがう気《き》もする」

そう答《こた》えるのが、やっと。

本当《ほんとう》に、わからない。わかるのは、渚《なぎさ》くんのことを好《す》きな女子《じょし》のしわざだということだけ。せりなかもしれないし、せりなのとりまきの子《こ》たちが暴走《ぼうそう》してやったのかもしれないし、ぜんぜんちがう子《こ》かもしれない。

今朝《けさ》、教室《きょうしつ》まであたしのすがたを見《み》にきていた女《おんな》の子《こ》たちのことを思《おも》いだす。

だれもがあやしい。

家《いえ》に帰《かえ》ると、だだっと階段《かいだん》を駆《か》けあがって自分《じぶん》の部屋《へや》へ直行《ちょっこう》した。

今日《きょう》は、渚《なぎさ》くんはサッカーチームの練習《れんしゅう》の日《ひ》だから、夕方《ゆうがた》から家《いえ》をでる。

それまで部屋《へや》にこもっていれば、顔《かお》を合《あ》わせずにすむ。

会《あ》えばきっと、あたしになにか起《お》こったと、気《き》づかれてしまうだろう。

ベッドにどすんと身《み》を投《な》げた。

渚《なぎさ》くんを好《す》きな子《こ》たちにとって、あたしはじゃまな敵《てき》。

さゆやせりなみたいに、かわいくてきれいで、渚《なぎさ》くんにつりあう子《こ》だったら、きっと、あんなヘンな脅迫状《きょうはくじょう》を机《つくえ》に入《い》れられることもなかった。

——ずるい。なんの努力《どりょく》もしてないくせに。どうしてあなたみたいな子《こ》が。

せりなに投《な》げつけられた言葉《ことば》たちがよみがえって、あたしを刺《さ》す。

きっとみんな、せりなと同《おな》じことを思《おも》っているんだ。

なんでこんな子《こ》が渚《なぎさ》くんの近《ちか》くにいられるの？　って。

涙《なみだ》があふれる。シーツがぬれて、しみになっていく。

こんなことじゃいけない。あたしはずずっとはなをすると、身《み》を起《お》こした。

クリスマスカードを描《か》こう。まだ下書《したが》きは2枚《まい》しかできていない。

そう思《おも》って机《つくえ》にむかったけど、いざカードを目《め》にすると、ペンを持《も》つ手《て》が動《うご》かない。

きっとだれも、あたしの描《か》いたものなんていらない。
あたしの絵《え》なんて、ぐしゃぐしゃに丸《まる》めて捨《す》てられるにきまってる。
心《こころ》を込《こ》めて描《か》いた絵《え》が、そんな目《め》にあうなんて、あたし、耐《た》えられない。
傷《きず》つけられるとわかっているのに、あたし、描《か》けないよ。

6. ぜったいに、味方《みかた》だよ。

つぎの日《ひ》。

あたしは鉛《なまり》のように重《おも》い足《あし》をひきずるようにして登校《とうこう》した。

休《やす》みたかったけど、渚《なぎさ》くんに元気《げんき》のないところを見《み》せるわけにいかない。

渚《なぎさ》くんによけいな心配《しんぱい》をかけたくないよ。

だからあたしは、今朝《けさ》もいつも通《どお》り、家族《かぞく》みんなにとびきりの笑顔《えがお》で「おはよう」を言《い》ったし、朝《あさ》ごはんも、ちゃんとぜんぶ食《た》べたんだ。

なのに。

「千歌《ちか》」

校舎《こうしゃ》に入《はい》ったところで、渚《なぎさ》くんに呼《よ》ばれた。

あたしより先《さき》に家《いえ》をでて学校《がっこう》へむかった渚《なぎさ》くんが、玄関《げんかん》ホールであたしを待《ま》っていた。

「渚《なぎさ》くん。どうしたの？」

反射的《はんしゃてき》に、きょろきょろとあたりを見《み》まわす。

朝《あさ》の玄関《げんかん》ホールは、登校《とうこう》してきた人《ひと》たちでがやがやとさわがしい。あたしたち、かなり目立《めだ》っているはず。

「いいだろ、そんなにこそこそしなくても。もう、かくす必要《ひつよう》ないんだし。堂々《どうどう》としてようぜ。そうすれば、そのうちそれがあたり前《まえ》になって、杉村《すぎむら》たちもなにも言《い》ってこなくなる」

「…………でも」

言葉《ことば》につまった。あたしを憎《にく》んでいるのは杉村《すぎむら》たちじゃないってこと、ここで言《い》えるわけがない。

「それとも、なんかあったか？」

「どうして」

「なんとなく。おまえ、ヘンだなって思《おも》って。なんか、カラ元気《げんき》だしてるような」

「なんでもないよ。気《き》のせいだよ」

どうしてそんなにカンがいいの？　それともあたしの演技《えんぎ》がへたすぎた？

「母《かあ》さんたちや兄《にい》ちゃんにも言《い》えないことなのか？」

「ほんとに、なんでもないってば」

通《とお》りすがりの生徒《せいと》の群《む》れが、あたしたちをじろじろ見《み》ていく。一刻《いっこく》も早《はや》く、渚《なぎさ》くんから離《はな》れなくちゃ。

「千歌《ちか》」

「なんでもないって言《い》ってるじゃん！」

思《おも》わず、大《おお》きな声《こえ》がでてしまった。

「なんでキレるんだよ」

「キレてなんかない。ただ、いっしょにいるところをみんなに見《み》られたくないだけ」

渚《なぎさ》くんのまっすぐな瞳《ひとみ》から、目《め》をそらす。

「そもそも、渚《なぎさ》くんが勝手《かって》にばらしちゃうのが悪《わる》いんだよ」

「だから、それは」

渚《なぎさ》くんが言《い》いかけた言葉《ことば》を、あたしはさえぎった。

「あたしは、むりだから。渚《なぎさ》くんみたいに強《つよ》くないから。ひらき直《なお》って堂々《どうどう》とすることなんてできない」

なんであたし、いまさらこんなこと言《い》ってるんだろう。これって、完全《かんぜん》にやつあたりだよ。

うつむいて、くちびるをかみしめた。渚《なぎさ》くんもなにも言《い》わない。

重苦《おもくる》しい沈黙《ちんもく》をやぶったのは、あたしの親友《しんゆう》たちだった。

「おはよう！　千歌《ちか》」

「……メグ。さゆ」

そろって登校《とうこう》してきたメグとさゆが、あたしに駆《か》けよってきたんだ。

「渚《なぎさ》くん、心配《しんぱい》しないで。千歌《ちか》ちゃんにはわたしたちがついているからだいじょうぶ」

さゆがにっこりと渚《なぎさ》くんにほほえみかける。

「べ、べつにおれは……」

「じゃ、そういうコトで」

メグがあたしの腕《うで》をとった。

ごめんね、渚《なぎさ》くん。でも多分《たぶん》、さっきのがあたしの本音《ほんね》。

あたしは強《つよ》くない。敵《てき》にかこまれて、ただ、びくびくと小《ちい》さくふるえるだけ。

あたしはメグたちといっしょに、いっきに階段《かいだん》を駆《か》けあがった。

教室《きょうしつ》の居心地《いごこち》は、相変《あいか》わらず、いいとはいえない。というか、きのうより雰囲気《ふんいき》悪《わる》くなってる。

せりなはずっと沈黙《ちんもく》を守《まも》っているけど、そのとりまきの野村《のむら》さんたちが、あからさまにあたしをにらみつけてくるんだ。

休《やす》み時間《じかん》のたびに、メグたちと教室《きょうしつ》の外《そと》にでてやりすごしていたけど、すれちがうほかのクラスの子《こ》たちも、みんながあたしのことを見《み》ている気《き》がしてしまう。

自意識過剰《じいしきかじょう》、ってやつなのかな？　でも。

お昼《ひる》になったけど、みぞおちのあたりが重《おも》くて、あたしは給食《きゅうしょく》をほとんど食《た》べられなかった。

みんながあたしをきらっている。あんたなんかが、なんで？　って、思《おも》ってる。

ずるい、って……。

歯《は》みがきを終《お》えて教室《きょうしつ》にもどってくると、メグとさゆがあたしの席《せき》で待《ま》っていた。

「千歌《ちか》。中庭《なかにわ》にいこうよ」

「うん……」

ふたりとも、やさしい。でも、こんなあたしにつきあわせて、申《もう》し訳《わけ》ないよ。

冷《つめ》たい風《かぜ》の吹《ふ》きすさぶ中庭《なかにわ》のベンチで、あたしたち3人《にん》は身《み》をよせあった。

「メグ、さゆ、ごめんね」

あたしのために、こんな寒《さむ》い場所《ばしょ》に。

さゆはゆっくり首《くび》を横《よこ》にふった。

「わたしたちが千歌《ちか》ちゃんといっしょにいたいから、そうしているだけだよ。それに」

はにかんだように、ほおをわずかに赤《あか》らめる。

「わたしがクラスの女子《じょし》たちに冷《つめ》たくされたとき、千歌《ちか》ちゃんとメグちゃんだけがいっしょにいてくれた。わたし、あのとき、すごくうれしかったから」

「さゆ……」

さゆも渚《なぎさ》くんと仲《なか》がいいから、一時期《いちじき》みんなに誤解《ごかい》されて、無視《むし》されていた。

いまはそんなことはなくなったんだけど。

メグがそっと、あたしの手《て》に自分《じぶん》の手《て》をかさねた。

「あたしたちは、味方《みかた》だから」

「メグ……？」

「あたしたちは、なにがあっても、ぜったいに千歌《ちか》の味方《みかた》だから」

メグの手《て》が、ぎゅっ、と、あたしの手《て》をにぎりしめる。

メグはまっすぐに前《まえ》をみつめている。冬《ふゆ》の冷《つめ》たい空気《くうき》にさらされて、鼻《はな》のあたまも、ほおも、赤《あか》くなっている。でも、その瞳《ひとみ》には、強《つよ》いひかりがやどっていた。

「千歌《ちか》はなにも悪《わる》くない。だってそうじゃん。千歌《ちか》のパパと高坂《こうさか》のママが再婚《さいこん》したんでしょ？

しあわせになるために、家族《かぞく》になったんでしょ？　それのなにがいけないの？　どうして千歌《ちか》が
あんな目《め》にあわなきゃいけないの？」

メグ。……怒《おこ》っているんだ。

きのうのことを、ずっと、怒《おこ》ってくれているんだ。

「だれがやったか知《し》らないけど。あんなベタな脅迫状《きょうはくじょう》、わざわざつくるなんてさ！　どんだけヒマなの？　バッカじゃない？　って感《かん》じ！」

ずずっと、メグがはなをすする。メガネをはずして、きゅっと、乱暴《らんぼう》に目《め》じりをぬぐう。

「……ごめん。あたしが泣《な》いてもしょうがないのに」

「ううん、……うれしいよ」

メグの手《て》をにぎりかえす。

胸《むね》がいっぱいになって、目《め》の奥《おく》が熱《あつ》くなる。

「メグちゃんの言《い》う通《とお》り。千歌《ちか》ちゃんは悪《わる》くない。一《いち》ミリも悪《わる》くない」

さゆも、きっぱりとそう言《い》ってくれた。……でも。

「悪《わる》いことはしてない。だけど、ずるい、って。そう、みんな思《おも》ってるんだよ。よりにもよって
あたしみたいな、目立《めだ》たない、かわいくない子《こ》が」

「ずるくない！　ってか、ずるいってなに？」

メグが声《こえ》をあげた。

「だって言《い》われたんだもん。藤宮《ふじみや》さんに言《い》われたんだもん。なんの努力《どりょく》もしてないくせに、どうしてあなただけめぐまれてるの、ずるい、って」

思《おも》いだすだけで苦《くる》しくなってしまう。胸《むね》の奥《おく》がきしんで、痛《いた》いよ。

「藤宮《ふじみや》さんは、嫉妬《しっと》でなにも見《み》えなくなってるんだよ」

さゆがつぶやいて、あたしははっとした。

「わたしも悠斗《ゆうと》くんのことが好《す》きだから、千歌《ちか》ちゃんがうらやましいっていう気持《きも》ちはあるの。悠斗《ゆうと》くんと同《おな》じ家《いえ》で暮《く》らして、毎日《まいにち》いっしょにごはんを食《た》べて、毎日《まいにち》、おはようもおやすみも言《い》って。そういうの、いくら好《す》きでも、かなわない夢《ゆめ》だもん。おとなになって結婚《けっこん》しなきゃ無理《むり》だもん」

「さゆ……」

「だから藤宮《ふじみや》さん、ほかの女《おんな》の子《こ》が、自分《じぶん》の好《す》きな人《ひと》とそういう毎日《まいにち》をすごしてるんだって、いきなり知《し》って、混乱《こんらん》したんだと思《おも》う」

「……うん」

そうだよね。あたしがもしせりなの立場《たちば》だったら……。

「でもね。だからって、千歌《ちか》ちゃんがみんなに冷《つめ》たくされたり、嫌《いや》がらせされたりするのは、ぜったいにちがう。ぜったいにあっちゃいけないことだよ。……それに、ね」

さゆはちょっとだけくちびるのはしをあげて、小《ちい》さく、ほほえんだ。

「わたしはね。千歌《ちか》ちゃんと仲《なか》よくなって、千歌《ちか》ちゃんを知《し》っていくうちに。勝手《かって》にうらやんですねる気持《きも》ちが、だんだん消《き》えていったの。だって大好《だいす》きだから。千歌《ちか》ちゃんのこと」

はずかしいな、と、さゆは顔《かお》を赤《あか》らめた。

その、長《なが》い黒髪《くろかみ》が、さらりと風《かぜ》にゆれる。

メグが、くしゃっとあたしの頭《あたま》をなでた。

「そういうワケで。たとえ学校《がっこう》じゅうの女子《じょし》が敵《てき》になっても、あたしたちがいるから。だから千《ち》歌《か》は、胸《むね》をはって堂々《どうどう》としてな！」

おどけた調子《ちょうし》で、明《あか》るく言《い》って。照《て》れくさそうに、笑《わら》った。

7. 5年《ねん》2組《くみ》の、クリスマス会《かい》

たくさんの水《みず》がふりそそぐ。枯《か》れかけていた、あたしの花《はな》に。

ぺしゃんこになってしぼんでいたあたしは、メグとさゆにお水《みず》をもらって、もう一度《いちど》立《た》ちあがらなきゃ、って、そんな気持《きも》ちになれた……。

胸《むね》をはって、堂々《どうどう》とすること。あたしに、できるかな。

家《いえ》に帰《かえ》ってすぐに、渚《なぎさ》くんの部屋《へや》のドアをノックした。

リビングにはだれもいなかったし、外《そと》にいっているんじゃなければ、きっと部屋《へや》にいるはず。

かちゃりと、ドアがあいた。

「……千歌《ちか》」

でてきたのは、渚《なぎさ》くん。よかった、いたんだ。

「あの。今朝《けさ》のことで。渚《なぎさ》くんに話《はなし》があって……」

渚《なぎさ》くんはあたしのことを心配《しんぱい》してくれていたのに、あせって、いらいらした態度《たいど》をとってしまった。

「入《はい》れよ。兄《にい》ちゃん、まだ帰《かえ》ってきてねーから」

「うん」

渚《なぎさ》くんと悠斗《ゆうと》くんがふたりで使《つか》っている部屋《へや》。

ストライプのカーテンごしに、オレンジ色《いろ》の西日《にしび》が射《さ》しこんでいる。

学習机《がくしゅうづくえ》がふたつならんでいるけど、どっちがどっちのものか、一目瞭然《いちもくりょうぜん》。

プリントがつみあがってなだれを起《お》こしそうなのが渚《なぎさ》くん、モノが少《すく》なくてすっきり片付《かたづ》いているほうが、悠斗《ゆうと》くん。

渚《なぎさ》くんは遠慮《えんりょ》なくあたしの部屋《へや》に入《はい》ってくるけど、あたしは、めったにここにはこない。

だから、なんだかどきどきしてしまう。

部屋《へや》のまんなかにおかれたミニテーブルをはさんで、あたしたちはむかいあってすわった。

「なんだよ、おまえ。正座《せいざ》なんかして、みょうにかしこまってるし。そんなおおげさな話《はなし》なわけ？」

「そ、そういうわけじゃないけど……。渚《なぎさ》くん、怒《おこ》ってないの？」

今朝《けさ》のあたしの態度《たいど》。

渚《なぎさ》くんは、ふう、と息《いき》をついた。

「千歌《ちか》にあんなふうに言《い》われて、いきおいでひみつをばらしてしまったこと、後悔《こうかい》してた。おれの知《し》らないところで、いやな目《め》にあったのかもなって思《おも》ったら。っつーか、なんでいっしょに住《す》んでるってだけで、こんなに大《おお》ごとになるのか、いまいちわかんねーんだけどさ」

それは、あなたが女子《じょし》にモテモテだからです。

ほんとに自覚《じかく》ないのかな……？

たくさんの恋《こい》の矢印《やじるし》が自分《じぶん》のほうにむいているのに、気《き》づかないなんて。

告白《こくはく》されたことだってあるんだよね？　そういううわさを聞《き》いたことがあるもん。渚《なぎさ》くんに告《こく》白《はく》した女子《じょし》が、せりなたちにひどい目《め》にあわされた、って。本当《ほんとう》なのかな？

「千歌《ちか》？　聞《き》いてんのか？」

渚《なぎさ》くんがずいっと身《み》を乗《の》りだして、あたしの顔《かお》をのぞきこんだ。

ち、近《ちか》いよ！

胸《むね》に手《て》をあてて、どきどきと早鐘《はやがね》をうつ心臓《しんぞう》をなだめる。そして、深呼吸《しんこきゅう》。

「あ、あのね。あたしも考《かんが》えたの。渚《なぎさ》くんの言《い》う通《とお》り、堂々《どうどう》としていよう、って。でも、からかわれたり、裏《うら》でこそこそ勝手《かって》なことを言《い》われたりするのは、やっぱりつらいんだ。だから、」

「だから？」

「思《おも》いきって、みんなの前《まえ》で、あたしたちの事情《じじょう》を説明《せつめい》したらどうかな、って。こうなったらもう、みんなのいろんな質問《しつもん》にもこたえて、ぜんぶオープンにしちゃうの」

あたしたちのことをちゃんと知《し》ってもらう。どうしていままでひみつにしていたのかも話《はな》す。もう、あることないこと言《い》ってさわがないでくださいって、きっぱり言《い》う。

そして。クラスメイトだけどきょうだいになりました、これからもよろしくお願《ねが》いします、って、言《い》うんだ。

きちんとした説明《せつめい》を聞《き》けば、きっと、せりなも、ほかの女《おんな》の子《こ》たちも、これ以上《いじょう》もやもやしないですむと思《おも》う。

「それでね。来週《らいしゅう》の月曜《げつよう》、っていうかしあさってだけど、クリスマス会《かい》があるでしょ？　先生《せんせい》に言《い》って、話《はな》す時間《じかん》をつくってもらおうかなって思《おも》うんだけど」

「おれはだいじょうぶだけど。千歌《ちか》、ほんとに平気《へいき》か？　できんのか？」

渚《なぎさ》くんがあたしをまっすぐにみつめた。

夕陽《ゆうひ》の射《さ》しこむ部屋《へや》。渚《なぎさ》くんの髪《かみ》も、顔《かお》も、オレンジ色《いろ》の西日《にしび》に照《て》らされている。

あたしは、ゆっくりとうなずいた。

できる。ちゃんと、言《い》える。

あたしは、つぎの日《ひ》の土曜日《どようび》から、ふたたびクリスマスカードを描《か》きはじめた。

もしもこのカードが、あたしを憎《にく》んでいる人《ひと》に当《あ》たったらと思《おも》うと、やっぱりこわい。

だけど、あたしはペンを動《うご》かしつづける。

やぶったり、捨《す》てたりするのが惜《お》しくなるぐらい、すてきな絵《え》を描《か》けばいい。

すべての下書《したが》きが終《お》わった。これからいよいよ、色《いろ》を塗《ぬ》っていく。

学校《がっこう》でも使《つか》っている、ごく普通《ふつう》の水彩《すいさい》絵《え》の具《ぐ》で塗《ぬ》ることにした。

いまはおこづかいが少《すく》なくて買《か》えないけど、いずれは、いろんな画材《がざい》を集《あつ》めて、いろんな塗《ぬ》りかたを試《ため》してみたいなって思《おも》ってる。

5枚《まい》あるイラストカードのうち、1枚《まい》は、あたしがいちばん得意《とくい》な少女《しょうじょ》まんがタッチの絵《え》にした。

投稿用《とうこうよう》に描《か》いているまんがの、ヒロインの絵《え》。一度《いちど》、まんが雑誌《ざっし》のカラー扉絵《とびらえ》みたいに、きれいな色《いろ》をつけてみたいって思《おも》ってたんだ。

メリークリスマス！　って言《い》いながら、とびきりの笑顔《えがお》で、プレゼントをわたしている絵《え》。

あわい色《いろ》から、順番《じゅんばん》に、慎重《しんちょう》に色《いろ》を重《かさ》ねていく。

どうか、どうか。この絵《え》を見《み》た人《ひと》も、笑顔《えがお》になれますように。

しあわせなクリスマスを、過《す》ごせますように。


そして、ついに月曜日《げつようび》がきた。クリスマス会《かい》、当日《とうじつ》。

あたしのカードはもちろん仕上《しあ》がっている。われながら、自信作《じしんさく》だと思《おも》う！

少《すこ》し迷《まよ》ったけど、小《ちい》さく、chika. N《ちかなるさわ》って、サインも入《い》れたよ。

かわいい包装紙《ほうそうし》でラッピングをして、曲《ま》がらないようにランドセルのポケットに入《い》れて学校《がっこう》に持《も》ってきた。

クリスマス会《かい》は5時間目《じかんめ》。お昼休《ひるやす》みに、司会進行係《しかいしんこうがかり》の吉田《よしだ》くんが、みんながそれぞれ持《も》ちよったプレゼントを、段《だん》ボール箱《ばこ》に回収《かいしゅう》してまわった。

どきどきする。

よく考《かんが》えたら、みんなの前《まえ》にでて意見《いけん》を言《い》うことなんて、あたし、ほとんどない。授業中《じゅぎょうちゅう》に発表《はっぴょう》もしないし。とにかく注目《ちゅうもく》をあびることや目立《めだ》つことが苦手《にがて》なんだ。

だけど今日《きょう》は、そんなこと言《い》ってられない。自分《じぶん》で決《き》めたことだもん。

チャイムが鳴《な》って、5時間目《じかんめ》がはじまった。机《つくえ》は全部教室《ぜんぶきょうしつ》のうしろのほうにさげて、フルーツバスケットをするときみたいに、いすだけをまるく輪《わ》にして、みんな座《すわ》っている。

黒板《こくばん》にはプログラムが書《か》かれている。司会《しかい》の吉田《よしだ》くんが前《まえ》にでて、明《あか》るく会《かい》をすすめた。あたしたちがさいごに少《すこ》し時間《じかん》をもらうこと、吉田《よしだ》くんには渚《なぎさ》くんが話《はなし》をつけてくれた。

プログラムのいちばんは、クイズ大会《たいかい》。

そのあと、みんなのだし物《もの》。これは、希望者《きぼうしゃ》だけ。

お調子者《ちょうしもの》の子《こ》が流行《はや》りのギャグやものまねをしたり、手品《てじな》クラブの子《こ》がマジックを披露《ひろう》したり。

漫才《まんざい》をした子《こ》たちもいて、すごく盛《も》りあがった。

「それではっ！　いよいよ、お楽《たの》しみのプレゼント交換《こうかん》ですっ！」

吉田《よしだ》くんがさけぶ。わあっと、みんなから歓声《かんせい》があがった。

先生《せんせい》が段《だん》ボール箱《ばこ》からランダムにプレゼントを取《と》りだしてみんなに配《くば》る。吉田《よしだ》くんも参加《さんか》するから、プレゼント交換《こうかん》は先生《せんせい》が仕切《しき》るのだ。

全員《ぜんいん》にいきわたったところで、音楽《おんがく》スタート。時計《とけい》まわりに、プレゼントをとなりの人《ひと》にまわしていく。音楽《おんがく》がストップしたとき、手《て》もとにあるプレゼントが、自分《じぶん》のものになるというわけ。

ジングルベル、赤鼻《あかはな》のトナカイ、そりすべり。クリスマスソングのメドレーが流《なが》れる。

自分《じぶん》のプレゼントのゆくえが気《き》になって、どきどきするよ。

思《おも》いのほか、みんながプレゼントをまわすテンポがはやくて、あたしは自分《じぶん》のプレゼントがだれのところにあるか、見失《みうしな》ってしまった。

ぴたっ、と、音楽《おんがく》がやんだ。

わあああっと、みんなが声《こえ》をあげる。

あたしの手《て》の中《なか》にあるのは、小《ちい》さな箱《はこ》。みどり色《いろ》の包装紙《ほうそうし》に、金色《きんいろ》のリボンがかけてある。

なにが入《はい》ってるんだろう？

「いますぐあけて中身《なかみ》を見《み》たい気持《きも》ちはわかるが、帰《かえ》ってからのお楽《たの》しみだからな！　すぐにランドセルにプレゼントをしまうこと！」

先生《せんせい》がすぐさま注意《ちゅうい》した。えーっ、と、ブーイングが巻《ま》き起《お》こる。

まあ、でも、いますぐみんながあけちゃったら、盛《も》りあがりすぎて収拾《しゅうしゅう》つかなくなるもんね。しょうがない。

みんな、文句《もんく》を言《い》いつつも、先生《せんせい》の言《い》う通《とお》り、ゲットしたプレゼントをしまった。

あたしのプレゼントはだれが持《も》っているんだろうと見《み》まわしてみたけど、わからなかった。

正直《しょうじき》、ちょっとだけ、ほっとした……。

みんなそれぞれ、もとの席《せき》にもどったところで。司会《しかい》の吉田《よしだ》くんが、ふたたび教室《きょうしつ》の真《ま》ん中《なか》へ。

「えー。みなさん、今日《きょう》のクリスマス会《かい》はどうでしたか？　僕《ぼく》はすごく楽《たの》しかったです！　これでプログラムはぜんぶ終了《しゅうりょう》したわけですが、実《じつ》はまだ少《すこ》しだけ時間《じかん》があります」

こほんとせきばらいすると、吉田《よしだ》くんは、渚《なぎさ》くんと、そしてあたしに、ちらっと目《め》くばせした。

いよいよだ。ごくりとつばを飲《の》むと、あたしは立《た》ちあがった。

……渚《なぎさ》くんも。

ざわっと、教室《きょうしつ》がゆれる。

あたしたちは、教室《きょうしつ》の真《ま》ん中《なか》にすすみでて、ふたりならんだ。

「高坂《こうさか》くんと鳴沢《なるさわ》さんが、いまから、みんなの前《まえ》で話《はな》したいことがあるそうです」

と言《い》って、吉田《よしだ》くんはそそくさと自分《じぶん》の席《せき》にもどる。

ぴいーっと、だれかが口笛《くちぶえ》をふいた。

「婚約発表記者会見《こんやくはっぴょうきしゃかいけん》かよっ！」

杉村《すぎむら》がさっそくさわぎだす。

「しずかに！」

間髪《かんはつ》いれずに先生《せんせい》が一喝《いっかつ》して、ふたたび教室《きょうしつ》はしずまった。ちょっと、しずかすぎるぐらい。

みんなの視線《しせん》がいっせいに集《あつ》まって、痛《いた》い。

「あの、おれたち」

渚《なぎさ》くんが先《さき》に話《はな》しはじめたから、あたしはあわてて、渚《なぎさ》くんの服《ふく》のすそをひっぱった。

「あたしから話《はな》す」

渚《なぎさ》くんはうなずいた。ちょっとだけ、口《くち》のはしがあがってる。ほほえんでる？　余裕《よゆう》だなあ。

っていうか。がんばれってイミの笑顔《えがお》？　……なのかな。

ゆっくり息《いき》を吸《す》って、ふーっと、はく。落《お》ちつけ心臓《しんぞう》。

あたしは口《くち》をひらいた。

「あの。あらためて報告《ほうこく》します。あ、あたしたち。きょうだいになりました」

ふりしぼったあたしの声《こえ》は、それでもやっぱりふるえている。

「今年《ことし》の夏《なつ》に、あたしの父《ちち》と、高坂《こうさか》くんのお母《かあ》さんが再婚《さいこん》して、家族《かぞく》になりました。引《ひ》っ越《こ》して、いっしょに暮《く》らしています。いままでかくしていてごめんなさい」

ぺこっと、頭《あたま》をさげる。まだ鼓動《こどう》はおさまらない。

「きっと、さんざん冷《ひ》やかされてからかわれるだろうって思《おも》ったんだ。げんにさわがれたし」

渚《なぎさ》くんが言《い》った。ちらっと、杉村《すぎむら》に冷《つめ》たい視線《しせん》を投《な》げる。

「っつーことは、渚《なぎさ》の苗字《みょうじ》、どーなってんの？」

男子《だんし》のひとりが声《こえ》をあげる。

「おれの苗字《みょうじ》は、いろんな手《て》つづきをして、戸籍上《こせきじょう》は『鳴沢《なるさわ》』ってことになっている、らしい。だけどいきなり苗字《みょうじ》が変《か》わるのも不便《ふべん》だし、みんなも混乱《こんらん》するだろうし、おれも、自分《じぶん》が自分《じぶん》じゃなくなるみたいでしっくりこない。だから、これからも『高坂《こうさか》』のままで過《す》ごすつもりだ」

流《なが》れるようによどみなく説明《せつめい》する渚《なぎさ》くん。すごく落《お》ちついているし、堂々《どうどう》としている。

あたしも胸《むね》をはろう。

メグの言《い》うように、しあわせになるために、パパとみちるさんは再婚《さいこん》したんだ。あたしたち子《こ》どもも、いまのところは楽《たの》しくにぎやかに暮《く》らせている。だれにも文句《もんく》は言《い》わせない！

「同《おな》じ苗字《みょうじ》かよ！　きょうだいっていうより夫婦《ふうふ》じゃん？」

こりない杉村《すぎむら》が、なおもへらへらと笑《わら》う。

「ちがいます！」

あたしはきっぱりと否定《ひてい》した。

「夫婦《ふうふ》になったのはあたしたちの親《おや》です。これ以上勝手《いじょうかって》なことを言《い》ってさわがないでください」

「義理《ぎり》のきょうだいって将来結婚《しょうらいけっこん》できんのー？　つきあったりするのはオッケーなのー？」

「知《し》りません！」

杉村《すぎむら》、しつこい！

「あ。あたしはっ。高坂《こうさか》くんと、きょうだいとして、仲《なか》よくしていきたいと思《おも》ってます。つ、つきあうとか、そういうことは、ありえません！」

言《い》ってしまった。

こんなふうに言《い》わなきゃ、あたしの、ひみつの恋《こい》は守《まも》れない。

芽生《めば》えはじめた家族《かぞく》としてのきずなも、守《まも》れない。

「鳴沢《なるさわ》の言《い》った通《とお》りだから。つきあうとか、ねーから。だから、おれたちがしゃべってようが、学校《がっこう》の外《そと》でいっしょにいようが、くだらねーコト言《い》ってさわぐなよ？」

渚《なぎさ》くんの低《ひく》い声《こえ》には、有無《うむ》を言《い》わせない迫力《はくりょく》があって。今度《こんど》はもう、だれもなにも言《い》わない。

だけど。

……ちょっとだけ、胸《むね》が痛《いた》いよ。

つきあうとか、ねーから。……か。

8・放課後《ほうかご》の空《あ》き教室《きょうしつ》

とはいえ。さわがないでくださいって、みんなの前《まえ》できっぱりと念《ねん》を押《お》しても、からかいや冷《ひ》やかしが、いきなりぴたりとおさまるってことはなくて。

放課後《ほうかご》になると、

「あれー？　渚《なぎさ》と鳴沢《なるさわ》、いっしょに帰《かえ》らねーの？」

なんて、にやにやしながら言《い》ってくる人《ひと》もいた。

だけど渚《なぎさ》くんは、

「いっしょに帰《かえ》ることもあればべつべつに帰《かえ》ることもある。そんなの、おれたちの自由《じゆう》だし」

と、さらりとかわす。

そうだよね。自由《じゆう》だ。

あたしも、自分《じぶん》の口《くち》で、みんなにはっきりとつげることができて、せいせいした。

たしかに敵《てき》はふえたけど、もう、こそこそかくれる必要《ひつよう》はないんだ。

「千歌《ちか》ー。帰《かえ》るよー」

メグとさゆが教室《きょうしつ》のドアのそばで呼《よ》んでいる。

「待《ま》ってー！」

急《いそ》いでランドセルをしょって、メグたちのところへむかっていると。

とんっ、と、自分《じぶん》のひじがだれかにぶつかった。

「ごめんなさ……あっ」

せりなだ。気《き》づいた瞬間《しゅんかん》、ぴたりと固《かた》まって、声《こえ》もひっこんでしまった。

せりなも、あたしの顔《かお》を見《み》ると、はっとしたように目《め》を見《み》ひらいて、すぐにそらした。

なにも言《い》わない。ただ、うつむいて、ぎゅっとくちびるをかんでいる。

せりな……。

「千歌《ちか》ー？　なにしてんのー？」

ふたたび、メグに呼《よ》ばれた。あたしは、とりあえずせりなに小《ちい》さく頭《あたま》をさげて、その場《ば》を立《た》ち去《さ》った……。

結局《けっきょく》、あの脅迫状事件《きょうはくじょうじけん》の犯人《はんにん》は、せりなだったんだろうか。それとも、べつの人《ひと》だったんだろうか？

それはわからないままだし、あたしが先生《せんせい》に言《い》わないって決《き》めた以上《いじょう》、これから先《さき》もきっと、犯人《はんにん》が明《あき》らかになることはないんだろう。

謝《あやま》ってもらいたいって気持《きも》ちはあるけど、たしかめることもできないし、せめて、もう二度《にど》と、だれに対《たい》してもあんなことをしないでほしいな、って、思《おも》う。

校舎《こうしゃ》をでて、メグとさゆと3人《にん》で歩《ある》く。

「千歌《ちか》ちゃん、今日《きょう》、かっこよかったよ」

「あんな報告《ほうこく》するなんて知《し》らなかったからさ。びっくりした」

くちぐちに言《い》われて、ちょっとくすぐったい。

「ふたりが、ぜったい味方《みかた》だよ、って言《い》ってくれたおかげだよ」

ありがとうとほほえむと、メグは、決《き》まり悪《わる》そうにこほんとせきばらいした。

「そ、それはそうとして。プレゼント楽《たの》しみだね！　もう、いまあけちゃいたいぐらい」

赤《あか》い顔《かお》して、あわてて話《はなし》をそらすメグを見《み》て、さゆがくすくす笑《わら》う。

「そうだね。あした、報告《ほうこく》しあおうよ。プレゼント交換《こうかん》ももりあがったし、クリスマス会《かい》、けっこう楽《たの》しかったね」

「だねー。お菓子《かし》とジュースとケーキがあれば完璧《かんぺき》だったね。まあ、学校《がっこう》だからしょうがない……って、そうだっ！」

メグが、とつぜん、きらっとメガネの奥《おく》の目《め》をかがやかせた。

「ねえねえ、あたしたち3人《にん》も、クリスマス会《かい》しようよ！　お菓子《かし》持《も》ちよって、パーティするの」

「わあっ！　それ、いい！　いつにする？　イブの日《ひ》は、わたしはお店《みせ》のおてつだいで忙《いそが》しいし、ふたりとも家族《かぞく》で過《す》ごすだろうし、べつの日《ひ》がいいよね？」

さゆが、ちらっとあたしを見《み》た。メグも、みょうににやにやしている。

「う、うん。イブの日《ひ》は、パパがレストランを予約《よやく》してるらしくて。家族《かぞく》でディナーにいくんだ」

きゃああっと、メグとさゆが、手《て》を取《と》りあってとびあがった。

「いいな～。好《す》きな人《ひと》と過《す》ごす、ロマンチックなイブ！」

「そ、そんなんじゃないよっ。家族《かぞく》みんなで過《す》ごすんだし、ふたりっきりってわけじゃないんだからっ」

ほんとはバリバリ妄想《もうそう》してたけど、それはひみつ。

「と、とにかく。24日《か》は予定《よてい》があるから、冬休《ふゆやす》みに入《はい》ったらあらためて集《あつ》まろうよ。ていうか、せっかくだから、うちにくる？　あたらしい家《いえ》に、ふたりのこと呼《よ》びたいなって思《おも》ってたんだ」

やったあ！　と、メグがとびはねた。

「悠斗《ゆうと》サマもいるしね〜」

うししと、さゆをこづく。とたんにさゆは真《ま》っ赤《か》になった。

クリスマス・イブ、そして、冬休《ふゆやす》み。

この先《さき》、楽《たの》しいことがたくさん待《ま》ってる。

だれの目《め》も気《き》にせずに、家《いえ》に友《とも》だちを呼《よ》べるし、堂々《どうどう》と家族《かぞく》でおでかけだってできる。

渚《なぎさ》くんとのひみつがばれて、いやなこともたくさんあったし、この先《さき》もまだあるのかもしれない。

だけど。とりあえずは、前《まえ》をむいて歩《ある》いていこう！


家《いえ》に帰《かえ》ると、リビングでさっそくプレゼントの包《つつ》みをあけた。

手《て》づくりのきれいなキャンドルだった！　甘《あま》いフルーツのような、いい香《かお》りがする。

「すてき……」

雪《ゆき》の降《ふ》るしずかな夜《よる》。ゆれるキャンドルのほのおを、渚《なぎさ》くんとふたりでながめたいなあ、なんて。つい、妄想《もうそう》しちゃうよ。

渚《なぎさ》くんは、どんなプレゼントをもらったんだろう。そして、あたしのクリスマスカードは、だれのもとへ届《とど》いたのかなあ。

クリスマスツリーの、金色《きんいろ》にひかるオーナメントをながめながら、ぼんやりしていると。

「ただいまー」

渚《なぎさ》くんの声《こえ》！　帰《かえ》ってきた！

「おじゃましまーす」

って、ええっ！　男子《だんし》の声《こえ》！　うそでしょ？　渚《なぎさ》くんってば、さっそく友《とも》だち連《つ》れてきたの？

あわててプレゼントの包《つつ》みを片《かた》づけて、ランドセルや荷物《にもつ》を持《も》って2階《かい》へ逃《に》げようとしたのに。

「こんちは。おっ。ウワサの鳴沢《なるさわ》さんだ！　すげーな、ほんとにいっしょに住《す》んでるんだ」

み、見《み》つかってしまった。この人《ひと》、……えっと、だれだっけ。

たぶんとなりのクラスの子《こ》。よく見《み》かけるけど、名前《なまえ》は知《し》らない。好奇心《こうきしん》おうせいな犬《いぬ》みたいに目《め》をきらきらかがやかせてるから、敵《てき》ではない、と思《おも》う……。

「3組《くみ》の佐倉洋平《さくらようへい》。チームメイト。うちの近《ちか》くの河川敷《かせんしき》でサッカーしようってさそったら、ついでに家《いえ》によりたいっつーから。いいだろ？　おやつ食《く》ったらすぐでかけるから」

渚《なぎさ》くんはこともなげにそう言《い》った。

「つつーことで。よろしくー」

佐倉《さくら》くんに明《あか》るい笑顔《えがお》をむけられて、あたしは「ご、ごゆっくり」とぎこちない笑《え》みを返《かえ》した。

よろよろと、リビングをでる。

だ、だよね。

あたしがメグやさゆを家《いえ》に呼《よ》びたいように、渚《なぎさ》くんだって、友《とも》だちを呼《よ》びたいよね……。

でも。こんなふうに、いきなり、あんまり知《し》らない男子《だんし》たちが押《お》しかけてきたら、うまくしゃべれる自信《じしん》もないし、あたし、自分《じぶん》の部屋《へや》に避難《ひなん》するしかないよ。

これから、こういう状況《じょうきょう》にも慣《な》れていかなきゃいけないんだな。はあーあ……。


そして、つぎの日《ひ》の朝《あさ》。

教室《きょうしつ》に入《はい》ると、あたしの席《せき》の近《ちか》くで、女子《じょし》がふたり、おしゃべりしているのが目《め》に入《はい》った。

麻生《あそう》さんと佐々木《ささき》さんだ。目立《めだ》つグループではないけど、あたしたちほど地味《じみ》でもない、中《ちゅう》ぐらいの位置《いち》にいる子《こ》たち。

「おはよう！」

思《おも》いきって、声《こえ》をかけた。

たとえ無視《むし》されてもかまわない。そう思《おも》って気《き》を張《は》っていたけど。

「お。おはよう……」

ふたりとも、あいさつを返《かえ》してくれた。少《すこ》しぎこちないけど、笑《え》みをうかべている。

「鳴沢《なるさわ》さん。よそよそしくしてて、ごめんね。藤宮《ふじみや》さんたちに目《め》をつけられるのがこわくて」

麻生《あそう》さんが、小《ちい》さな声《こえ》で、こっそり、そう言《い》ってくれた。

「ううん。いいの」

あたしだって、せりながこわくて同居《どうきょ》のことをひみつにしていたんだし、その気《き》持《も》ちはわかる。

「その、……。鳴沢《なるさわ》さん、負《ま》けずにがんばってね。まんがも、またみんなに見《み》せてね」

「ありがとう……！」

うれしい。

きのうのことといい、渚《なぎさ》くんとの事情《じじょう》をカミングアウトしてから、いろんなことが変《か》わりはじめている。でも、こんなふうに味方《みかた》になってくれる子《こ》もあらわれるなんて、思《おも》ってもみなかった。

うちあけてよかった……。

と、そのとき。突《つ》き刺《さ》すような視線《しせん》を感《かん》じた。

せりなといちばん仲《なか》のいい野村《のむら》さんが、あたしのことをじっとにらみつけている。

麻生《あそう》さんたちも気《き》づいたのか、そそくさと自分《じぶん》たちの席《せき》のほうへもどっていった。

野村《のむら》さんは、となりにいるせりなに、さっそくなにか耳打《みみう》ちしている。

いやな感《かん》じ……。

だけど、せりなは、あたしをにらんだりはしなかった。それどころか、野村《のむら》さんになにかささやかれても、だまって首《くび》を横《よこ》にふっている。

あたしを「ずるい！」となじったときの、せりなのするどい目《め》を思《おも》いだす。あんなにあたしのことをきらっていたのに。

それからも、休《やす》み時間《じかん》のたびにこっそりせりなを観察《かんさつ》していたけど、あたしを見《み》てこそこそかげ口《ぐち》を言《い》っているようすもないし、文句《もんく》をつけにくることもない。

あたしのことを認《みと》めてくれたんなら、それでいいんだけど。

なんだか少《すこ》し、ひっかかる。


そして、あっという間《ま》に放課後《ほうかご》になった。

いつものように、メグとさゆと3人《にん》、連《つ》れだって教室《きょうしつ》をでる。

くつをはきかえて校舎《こうしゃ》の外《そと》にでたところで、まんがノートを忘《わす》れたことに気《き》づいた。

「ごめん！　先《さき》に帰《かえ》ってて！」

ふたりに手《て》を合《あ》わせて、大急《おおいそ》ぎで引《ひ》きかえす。

あたしのバカ！　大事《だいじ》な大事《だいじ》なまんがノートなのに、なんでうっかり忘《わす》れちゃったんだろう。

階段《かいだん》をダッシュで登《のぼ》り、４階《かい》へ。５年《ねん》２組《くみ》にむかって、たたっと駆《か》けていたら。

「……ん？　渚《なぎさ》くん？」

４年生《ねんせい》の教室《きょうしつ》と５年生《ねんせい》の教室《きょうしつ》のあいだにある、空《あ》き教室《きょうしつ》。

物置《ものおき》みたいになっていて、いろんな機材《きざい》や、教材《きょうざい》なんかがおかれているんだけど……。

そこに、渚《なぎさ》くんのすがたが見《み》えたんだ。

立《た》ち止《ど》まって、教室後方《きょうしつこうほう》のドアのすきまから中《なか》を見《み》てみると、やっぱり渚《なぎさ》くんだった。

しかも、ひとりじゃない。女《おんな》の子《こ》と……、せりなといっしょだ！

背面黒板《はいめんこくばん》のそばに、ふたりでむかいあって立《た》っている。

どくん、どくん、と、心臓《しんぞう》がいやな音《おと》をたてた。

どうしてこんな場所《ばしょ》にふたりで？

ふたりのあいだになにかあったの？　まさか、せりなが渚《なぎさ》くんの彼女《かのじょ》になったとか……？

だから今日《きょう》のせりな、あたしを前《まえ》みたいに敵視《てきし》してこなかったの？

両想《りょうおも》いになったから、あたしなんてもう眼中《がんちゅう》にないってこと？

いやな想像《そうぞう》が広《ひろ》がって、くもの巣《す》みたいにからみつく。

せりなは、うつむいて、なにも言《い》わずにもじもじしている……。

そのとき。「ねえ」と、うしろからだれかに声《こえ》をかけられた！

「…………っ！」

びっくりしてさけびだしそうになったけど、かろうじて押《お》しとどめた。だ、だれっ？

ふりかえると、原口先輩《はらぐちせんぱい》！

先輩《せんぱい》は、書類《しょるい》のつまった段《だん》ボール箱《ばこ》をかかえている。

「こんなところでなにしてるの？」

こ、声《こえ》が大《おお》きい！

あたしはあわてて、「しーっ！」と口《くち》の前《まえ》に人差《ひとさ》し指《ゆび》をたてた。

原口《はらぐち》レン先輩《せんぱい》は、まんが・イラストクラブの6年生《ねんせい》。小学生《しょうがくせい》にして、まんが家《か》としてプロデビューをはたしている、すごい人《ひと》。

あたしのまんがにも、いろいろアドバイスをくれる。そのことはありがたいんだけど、実《じつ》はあたし、先輩《せんぱい》に告白《こくはく》されてしまっていて。

好《す》きな人《ひと》がいますって、きっぱりことわったんだけど……。

「困《こま》るな。俺《おれ》、この荷物《にもつ》、ここに運《はこ》ぶようにって、先生《せんせい》にたのまれてるんだけど」

「ごめんなさい。でも、ちょっと待《ま》ってくれませんか……？」

「どうして？　中《なか》にだれかいるの？」

先輩《せんぱい》はそう言《い》って、ドアのすきまから中《なか》をのぞいた。

「あれって、高坂渚《こうさかなぎさ》くん……。女子《じょし》といっしょだ」

小《ちい》さくつぶやくと、あたしのほうをじっと見《み》た。

「ふうん……。そういうことか」

なにも言《い》えなくて、下《した》くちびるをかんだ。

先輩《せんぱい》は、あたしの好《す》きな人《ひと》が渚《なぎさ》くんだと知《し》っている。

「よし。俺《おれ》も見届《みとど》けよう」

先輩《せんぱい》は、荷物《にもつ》を廊下《ろうか》のわきにおいた。

「もしこれで、きみの失恋《しつれん》が決定的《けっていてき》になったら、俺《おれ》にとっては大《だい》チャンスだからね」

9. おねがい、教《おし》えて

あたしと先輩《せんぱい》は、ふたりしてドアにへばりついて、渚《なぎさ》くんたちのようすをみつめている。

どうしても気《き》になってしまって、からだがドアにくくりつけられたみたいに、ここから動《うご》けないんだ。

「藤宮《ふじみや》。おれ、そろそろ帰《かえ》らねーと」

渚《なぎさ》くんが言《い》った。せりなは、

「ま、待《ま》って」

と、すがるような声《こえ》をだした。その手《て》は、渚《なぎさ》くんの服《ふく》のすそをつかんでいる。

「あのね。あたし、クリスマス・イブに、ホームパーティするの」

「パーティ？　すげーな。いいじゃん」

「うん。それでね、その……。渚《なぎさ》くんにもきてほしいなって思《おも》って」

せりなの家《いえ》のパーティに？

ごくりと、つばを飲《の》みこんだ。渚《なぎさ》くんをさそうために、わざわざ呼《よ》びだしたのかな？

「本題《ほんだい》は、ほかにあるんじゃないの？」

先輩《せんぱい》がこっそりささやく。

それにしても。いつもの、勝《か》ち気《き》な女王《じょおう》せりなはどこにいったんだろう。

いまここにいるせりなは、どこか自信《じしん》なさげで、はかなげで。風《かぜ》がふいたらすぐに倒《たお》れてしまいそう……。

「悪《わる》いけど」

渚《なぎさ》くんはしずかに言《い》った。

「24日《か》は、家族《かぞく》ででかけるんだ。だから、藤宮《ふじみや》の家《いえ》にはいけない」

渚《なぎさ》くん……。イブの日《ひ》にディナーにいくこと、ちゃんと覚《おぼ》えてくれてたんだ。

「家族《かぞく》、って」

せりなの声《こえ》が、わずかにふるえている。

「鳴沢《なるさわ》さんも、だよね？」

「まあ、な」

沈黙《ちんもく》がおとずれた。

息《いき》がつまって、なんだか苦《くる》しい。

「渚《なぎさ》くん」

うつむいていたせりなは、きゅうに、くっ、と顔《かお》をあげた。

渚《なぎさ》くんの目《め》を、まっすぐにみつめている。

「渚《なぎさ》くん。正直《しょうじき》に答《こた》えて。鳴沢《なるさわ》さんのこと、どう思《おも》ってるの？」

…………！　せりな！

心臓《しんぞう》が止《と》まりそうになった。渚《なぎさ》くんは、あたしのことを、どう思《おも》っているのか……。

その答《こた》えを、ここで聞《き》くことになるの？

こわいよ。

「どう、って……。妹《いもうと》だよ」

渚《なぎさ》くんはそう答《こた》えた。そう、だよね。わかってるよ。

ひざからくずれおちそうになるのを、かろうじてこらえて、ドアにかけた手《て》に力《ちから》をこめた。

だけど、せりなは。

「本当《ほんとう》に？」

渚《なぎさ》くんににじりよった。

「本当《ほんとう》に、ただの妹《いもうと》なの？　それだけ？」

せりなの迫力《はくりょく》に押《お》されたのか、渚《なぎさ》くんはなにも言《い》えずにいる。せりなはさらにたたみかけた。

「お願《ねが》い、教《おし》えて。渚《なぎさ》くんにとって、鳴沢《なるさわ》さんって、なんなの？」

いやだ。もうやめて。それ以上《いじょう》聞《き》かないで。

ぎゅっと、目《め》をつぶった。そのとき。

「おーい。なにやってるんだー。下校時刻《げこうじこく》過《す》ぎてるぞー？　さっさと帰《かえ》りなさい！」

廊下《ろうか》のむこうから、先生《せんせい》がどなっている！

おどろいて、からだがびくっとふるえて、その拍子《ひょうし》に、ドアにひじをぶつけてしまった。

ごとん、と、大《おお》きな音《おと》がひびく。

「だれか、いるのっ？」

せりなの声《こえ》。やばい、気《き》づかれた……！

先輩《せんぱい》が、「ここは俺《おれ》にまかせて、早《はや》く帰《かえ》れ」とあたしにささやいた。

だけど、もう遅《おそ》かった。

がらっとドアがあいて、せりながでてきたんだ。ばっちり目《め》が合《あ》ってしまう。

「な、鳴沢《なるさわ》さん……？」

「あ。あの、あたし……」

「さっきの、聞《き》いてたの？」

ぎゅっと目《め》をつぶって、こくんとうなずいた。

「ごめんなさ……」

ふたたび目《め》をあけた瞬間《しゅんかん》。どきっと心臓《しんぞう》が音《おと》をたてた。

「藤宮《ふじみや》さん……」

せりなの目《め》に、涙《なみだ》が浮《う》かんでいる。

せりなは、あたしからぱっと顔《かお》をそらすと、そのまま逃《に》げるように走《はし》りさっていった……。

あたしは、そのうしろすがたを、ぼうぜんとみつめていた。

てっきり、責《せ》められると思《おも》ってたのに。

と、うしろから、髪《かみ》をひとたば、くいっと引《ひ》っぱられた。

「なんでこんなとこにいるんだよ、千歌《ちか》」

「渚《なぎさ》くん！」

あわててふりかえると、渚《なぎさ》くんは、このうえなくふきげんそうな顔《かお》をしている。

「やあ。こんにちは。あのかわいい彼女《かのじょ》のこと、追《お》いかけなくていいの？」

原口先輩《はらぐちせんぱい》が、渚《なぎさ》くんに、にこやかに笑《わら》いかける。

渚《なぎさ》くんは眉間《みけん》に深《ふか》いしわをよせて、先輩《せんぱい》をにらんだ。

「見《み》てたのかよ、あんた。ていうか関係《かんけい》ねーし」

「関係《かんけい》おおありだよ？　俺《おれ》の後輩《こうはい》、鳴沢千歌《なるさわちか》サンの話《はなし》がでてたし？」

先輩《せんぱい》は、まるで挑発《ちょうはつ》するかのように、にやりと口《くち》のはしをあげた。

ちょっと待《ま》って。なんでこんなに不穏《ふおん》なムードがただよっているの？

渚《なぎさ》くんは先輩《せんぱい》から顔《かお》をそらすと、あたしの腕《うで》を取《と》った。

「さっさと帰《かえ》るぞ、千歌《ちか》」

「えっ。あっ、あの」

わ、忘《わす》れ物《もの》が、まだ……。

「待《ま》ってよ、高坂《こうさか》くん」

先輩《せんぱい》が渚《なぎさ》くんを呼《よ》び止《と》めた。

「さっきの答《こた》え、俺《おれ》も知《し》りたいんだけど」

渚《なぎさ》くんはゆっくりとふりかえった。まだ、あたしの腕《うで》をつかんだまま。

「さっきの答《こた》え、って……？」

「鳴沢《なるさわ》のこと。きみは、どう思《おも》ってるのか」

「だから、妹《いもうと》だっつってんだろ？」

「ふうーん。だったら、俺《おれ》が鳴沢《なるさわ》のこと、もらってもいいんだよね？」

そう言《い》うと、先輩《せんぱい》は、渚《なぎさ》くんの手《て》をあたしの腕《うで》から引《ひ》きはがして、強引《ごういん》に、あたしを自分《じぶん》のほうへ引《ひ》きよせた！

「ちょ、ちょっと……！」

かあっと、顔《かお》が熱《あつ》くなる。先輩《せんぱい》、渚《なぎさ》くんの前《まえ》で、なんてことを言《い》うの！

頭《あたま》がくらくらする。いますぐここから逃《に》げだしたいよ。

「もらうとか、もらわないとか。千歌《ちか》をなんだと思《おも》ってんだよ」

はき捨《す》てるように言《い》うと、渚《なぎさ》くんはもう一度《いちど》あたしの腕《うで》を取《と》って、先輩《せんぱい》からうばいかえした。

「おれの妹《いもうと》を、モノあつかいすんなよな」

先輩《せんぱい》をするどくにらみつけると、渚《なぎさ》くんは、あたしの腕《うで》をつかんで歩《ある》きだした。

あたしも、引《ひ》っぱられるようにして、前《まえ》へ進《すす》みだす。

ちらっとうしろを見《み》やると、先輩《せんぱい》は腕組《うでぐ》みをして、なにか考《かんが》えこんでいる。

先輩《せんぱい》ってば、あんなこと言《い》って、いったい、どういうつもりなんだろう……。

目《め》の前《まえ》にある、渚《なぎさ》くんの背《せ》中《なか》。

なにも言《い》わないまま、階段《かいだん》をずんずんとおりていく。

3階《かい》、2階《かい》、そして1階《かい》まできて。くつ箱《ばこ》のところで、ようやく渚《なぎさ》くんは手《て》を離《はな》した。

それぞれ、無言《むごん》で、くつをはきかえる。

あたしの心臓《しんぞう》は、ずっとずっと、どきどきしている。

渚《なぎさ》くんにつかまれていた腕《うで》が、熱《あつ》い。

いろんなことがぐちゃぐちゃにからみあって、あたし、いま、すごく混乱《こんらん》している。

夕暮《ゆうぐ》れのオレンジ色《いろ》にそまりはじめた街《まち》の中《なか》を、けやきの木々《きぎ》がならぶ通学路《つうがくろ》を、ふたりで歩《ある》いていく。

渚《なぎさ》くんは、ひとこともしゃべらない。

あたしも、なにも言《い》えない。

渚《なぎさ》くん……。いったい、なにを考《かんが》えているの？

気持《きも》ちが、見《み》えないよ。

家《いえ》でも、渚《なぎさ》くんとはろくに会話《かいわ》もしないまま。みょうに気《き》まずくて目《め》も合《あ》わせられない。

夜《よる》が明《あ》けて、朝《あさ》の食卓《しょくたく》をいっしょにかこんでも、やっぱりなにも言《い》えない。

いっぽう。学校《がっこう》では、渚《なぎさ》くんはいつも通《どお》り。始業前《しぎょうまえ》はグラウンドにでてサッカーをしていたし、休《やす》み時間《じかん》も、男子《だんし》たちとふざけてじゃれあっている。

そして、せりなは。

ずっと自分《じぶん》の席《せき》で、ほおづえをついて、ぼんやりしている。その視線《しせん》の先《さき》には、決《き》まって、渚《なぎさ》くんのすがたがあった。

せりなは、ずっと渚《なぎさ》くんのことをみつめて……。ときおり、ため息《いき》をついている。

きのうのせりなの涙《なみだ》が、ちらちらと脳裏《のうり》をよぎった。

せりなが渚《なぎさ》くんのことを想《おも》いつづけていることは知《し》っていたけど、こんなに切《せつ》なげなすがたを見《み》るのは、はじめてで……。

胸《むね》の奥《おく》がざわざわする。

「千歌《ちか》。なんか、今日《きょう》、元気《げんき》ないね？」

メグに声《こえ》をかけられた。

「つぎ、クラブの時間《じかん》だよ。そろそろいかなきゃ」

うん、と笑顔《えがお》で返事《へんじ》をする。今日《きょう》は週《しゅう》に1度《ど》のクラブ活動《かつどう》がある日《ひ》。あたしとメグはまんが・

イラストクラブに入《はい》ってるけど、さゆは手芸《しゅげい》クラブだから、べつべつの教室《きょうしつ》へいく。

「2学期最後《がっきさいご》だからね。まんがのこと、原口先輩《はらぐちせんぱい》に、たくさん聞《き》いておかなきゃだよ？」

メグに明《あか》るく言《い》われて、あたしはぎくっと固《かた》まってしまった。

原口先輩《はらぐちせんぱい》……。

「どしたの？　なに？　まさか、また先輩《せんぱい》になにか言《い》われたの？」

「ちょっとね……」

せりなと渚《なぎさ》くんのことで頭《あたま》がいっぱいだったけど、「俺《おれ》がもらってもいい？」だなんて、そうとうはずかしいことを言《い》われてしまったんだった。

先輩《せんぱい》とも顔《かお》を合《あ》わせられないよ。

気《き》まずい思《おも》いをかかえて教室《きょうしつ》に入《はい》ると、先輩《せんぱい》はすでに窓際《まどぎわ》いちばんうしろの席《せき》に座《すわ》っていて、かりかりとまんがが原稿《げんこう》を描《か》いていた。

先輩《せんぱい》の席《せき》から遠《とお》い、廊下側《ろうかがわ》の席《せき》にこそこそと座《すわ》って、持《も》ってきた描《か》きかけの原稿《げんこう》をひろげていると。

「先週《せんしゅう》からちっともすすんでないじゃないか」

背後《はいご》から声《こえ》がして、びくんと肩《かた》がはねた！

おそるおそるふりかえると、先輩《せんぱい》はゆっくりとすすみでて、あたしの前《まえ》の席《せき》のいすに座《すわ》った。

いすごと、あたしのほうをむいて、小《ちい》さく笑《わら》う。

「いろいろ悩《なや》みがつきないのはわかるけど、とりあえず、描《か》く手《て》は止《と》めるな」

原稿《げんこう》がすすんでないのは、クリスマスカードにかかりきりになっていたからであって、きのうの渚《なぎさ》くんとせりなの件《けん》は関係《かんけい》ないいんだけど……。

「なに、ふぬけた顔《かお》をしてるんだ。鳴沢《なるさわ》が、きのうの美少女《びしょうじょ》に勝《か》てるところといったら、まんがだけなんだから、しっかりやれよ」

きのうの美少女《びしょうじょ》。……せりなのことだ。

「まさか、応援《おうえん》してくれてるんですか？」

「俺《おれ》が応援《おうえん》しているのは、あくまで、まんが創作《そうさく》のことだけだ。あの美少女《びしょうじょ》と高坂《こうさか》くんがつきあってくれたほうが俺《おれ》にとっては都合《つごう》がいいからな」

なんてストレートな言《い》いかた……。

となりにいるメグが、ちらちらと、「どういうこと？」と言《い》いたげな視線《しせん》を送《おく》ってくる。

ごめん、メグ。あとで話《はな》すよ。

先輩《せんぱい》は、腕組《うでぐ》みして、ふうっと長《なが》い息《いき》をついた。

「あの子《こ》。きのう、本当《ほんとう》は、告白《こくはく》するつもりで高坂《こうさか》くんのことを呼《よ》びだしたんじゃないのかな？」

「え？」

どきっとした。

「だけど言《い》えずじまいだった。結果的《けっかてき》に、きみと俺《おれ》が邪魔《じゃま》してしまったからね」

たしかに、パーティにさそうだけだったら、わざわざだれもいない空《あ》き教室《きょうしつ》に呼《よ》びだすなんてこと、する必要《ひつよう》ないよね。

「近々《ちかぢか》、きみの『お兄《にい》ちゃん』は、あの子《こ》にとられてしまうかもね。なんてったって、きみはたんなる妹《いもうと》なんだし」

先輩《せんぱい》は立《た》ちあがると、あたしの机《つくえ》の上《うえ》に、たんっ、と手《て》をついた。

「あいつはやめて、俺《おれ》にしろよ」

じっと、みつめられてしまう。いつになく、真剣《しんけん》なまなざしで……。

「なーんて、な。一回《いっかい》言《い》ってみたかったんだよ、こういうせりふ」

先輩《せんぱい》はそう言《い》って笑《わら》うと、自分《じぶん》の前髪《まえがみ》をくしゃっとかきあげた。

10・せりなのせつない想《おも》い

クラブの時間《じかん》が終《お》わり、ふたたび、5年《ねん》2組《くみ》へもどる。けっきょく、まんがはすすまなかった。

——近々《ちかぢか》、きみの「お兄《にい》ちゃん」は、あの子《こ》にとられてしまうかもね。

先輩《せんぱい》のせりふがずっと、頭《あたま》の中《なか》でぐるぐるまわっている。

せりなはやっぱり、渚《なぎさ》くんに告白《こくはく》するつもりなのかな……。

「っていうか、原口先輩《はらぐちせんぱい》すごいよね。俺《おれ》にしろよとか、さらっと言《い》えないよ、ふつう。やっぱまんが家《か》としてオトナといっしょにお仕事《しごと》してるからかなあ？　オトナっぽいっていうか、そのへんの男子《だんし》とはぜんぜんちがうよね」

となりを歩《ある》くメグが興奮《こうふん》している。

「うちのクラスの男子《だんし》ときたら、しょーもない奴《やつ》ばっか。杉村《すぎむら》とか、杉村《すぎむら》とか、杉村《すぎむら》とかさあ」

メグが、はあーあ、とため息《いき》をついた。

杉村《すぎむら》といえば。クリスマス会以降《かいいこう》、杉村《すぎむら》たち「しょーもない」男子《だんし》たちのからかいも、次第《しだい》におさまってきた。さわぎたててもみんなが相手《あいて》にしないから、つまんなくなったんだと思《おも》う。2学期《がっき》もいよいよ終《お》わりというときになって、ようやく平和《へいわ》な学校生活《がっこうせいかつ》がもどってきた。

せりなのこと以外《いがい》は。

「ところで千歌《ちか》。先輩《せんぱい》にあれだけ直球投《ちょっきゅうな》げられて、どうなの？」

メグが自分《じぶん》のメガネのフレームをくいっとあげた。あたしはゆっくりと首《くび》を横《よこ》にふる。

「まったくひびかない？　ゆれちゃったりもしないの？　へー……。そっかあ。いちずなんだね、すごいなあ」

「すっ、すごくないよ」

いちずだなんて。はずかしくて顔《かお》から湯気《ゆげ》がでそうだよ。

それに……。せりなだって。渚《なぎさ》くんのことを想《おも》って、泣《な》いていた……。

思《おも》いだすと胸《むね》がくるしい。あたしは、きゅっと、くちびるをかんだ。

胸《むね》の中《なか》にもやもやをかかえたまま、2学期《がっき》さいごの授業《じゅぎょう》の日《ひ》になった。あしたは終業式《しゅうぎょうしき》プラス大《おお》そうじとホームルームだから、午前中《ごぜんちゅう》で学校《がっこう》は終《お》わる。

渚《なぎさ》くんが起《お》きてくる前《まえ》に朝食《ちょうしょく》をすませて、いつもよりかなり早《はや》く家《いえ》をでた。

あれからずっと、なんとなく気《き》まずいまま。渚《なぎさ》くんの顔《かお》を見《み》ると、「鳴沢《なるさわ》さんのこと、どう思《おも》ってるの？」っていう、せりなの問《と》いを、脳内《のうない》でくりかえしてしまうの。

あたしがこぼしたため息《いき》は、白《しろ》い綿菓子《わたがし》みたいにふくらんで、そして消《き》えた。

手袋《てぶくろ》をしていても、指先《ゆびさき》がかじかんでしまいそうで。おもわず、両手《りょうて》をこすりあわせる。

学校《がっこう》の敷地《しきち》の中《なか》も、ひと気《け》がなくて、しんとしている。校門《こうもん》はあいていたから先生《せんせい》はきているんだろうけど、生徒《せいと》のすがたは見《み》えない。

ひょっとして、あたしがいちばん乗《の》りかな。校舎《こうしゃ》に入《はい》り、くつ箱《ばこ》にむかっていると。

かたん。

かわいた音《おと》が聞《き》こえた。

5年《ねん》2組《くみ》のくつ箱《ばこ》の前《まえ》に、だれかいる。

ラベンダー色《いろ》のランドセルに、ゆるく巻《ま》いた長《なが》い髪《かみ》。ふわふわのファーつきの、白《しろ》いコート。

せりな……？

あたしは、さっと、4年生《ねんせい》のくつ箱《ばこ》のほうに逃《に》げて、身《み》をかくした。

しばらくして、せりながもう去《さ》ってしまったのを確認《かくにん》してから、5年生《ねんせい》のくつ箱《ばこ》へ。

こんなに朝早《あさはや》くから、いったいなにをしていたんだろう？

5年《ねん》2組《くみ》のくつ箱《ばこ》を、なんとはなしに見《み》ていたら。はっと気《き》づいた。

渚《なぎさ》くんのくつ箱《ばこ》の中《なか》。上《うわ》ばきの上《うえ》に、なにかのっている……！

さくら色《いろ》の封筒《ふうとう》。これは、手紙《てがみ》だ。

どきどきと、鼓動《こどう》がありえないほどはやくなる。

せりなが入《い》れたんだ。

まさか、ラブレター？

あたしは、渚《なぎさ》くんのくつ箱《ばこ》の前《まえ》で、ぼうぜんと立《た》ちすくんでいた。

と。だだっと、ほかの学年《がくねん》の男子《だんし》が玄関《げんかん》ホールに駆《か》けこんできて、あたしはびくっとふるえて、われにかえった。

無意識《むいしき》に手紙《てがみ》に手《て》を伸《の》ばしかけていたことに気《き》づいて、あわててひっこめる。

ダメ。見《み》ちゃダメ。でも、気《き》になる。

あたしはぎゅっと目《め》をとじると、両手《りょうて》で自分《じぶん》のほおをはさみこんで、ぱんっ！　とたたいた。

くつをはきかえることはせず、後《あと》もどりして校舎《こうしゃ》からでる。

だって、このまままっすぐに自分《じぶん》の教室《きょうしつ》にいけば、せりなとふたりきりになってしまうから。

しばらく中庭《なかにわ》で時間《じかん》をつぶしたあと、あたしはようやく5年《ねん》2組《くみ》へとむかった。

もう、そのころにはほとんどのクラスメイトが登校《とうこう》してきていて、教室《きょうしつ》はいつも通《どお》りさわがしい。

せりなも、野村《のむら》さんたちにかこまれて、楽《たの》しそうにおしゃべりしている。

「はよーっす、渚《なぎさ》ー！」

とつぜん、男子《だんし》の大《おお》きな声《こえ》がひびいて、どきっとした。渚《なぎさ》くん、きたんだ。

「はよー」

あいさつをかえす渚《なぎさ》くんの声《こえ》のトーンは、いつもとかわらない。

でも、勇気《ゆうき》がなくて、あたしは、渚《なぎさ》くんの顔《かお》を見《み》ることはできないでいる。

手紙《てがみ》。気《き》づいたんだよね。もう読《よ》んだのかな。どんな内容《ないよう》なの？

もしもあれがラブレターだったら。渚《なぎさ》くんは……。

どうしよう。どうしようどうしよう。

どくん、どくん、と、心臓《しんぞう》がいやな音《おと》をたてる。

どうすることもできなくて、あたしは自分《じぶん》の席《せき》で、ただ、背中《せなか》をまるめて小《ちい》さくなっていた……。

授業《じゅぎょう》にもちっとも集中《しゅうちゅう》できない。とはいえ2学期《がっき》ラストだから、どの教科《きょうか》も、まとめプリントばかり。

かりかりとえんぴつの音《おと》がひびく中《なか》、あたしはため息《いき》ばかりをついていた。

そして、お昼休《ひるやす》みになった。

みんなうかれて、冬休《ふゆやす》みやクリスマスの話題《わだい》でもりあがっている。

女子《じょし》の中心《ちゅうしん》グループも、せりなの席《せき》のまわりに集《あつ》まって、夢中《むちゅう》でおしゃべりしている。

「いいなあーっ。かわいいーっ！」

ひときわかん高《だか》い声《こえ》があがった。野村《のむら》さんだ。

いいな、って、なにが？

「どうせまた藤宮《ふじみや》さんが、自分《じぶん》の持《も》ちもの自慢《じまん》してんじゃない？」

メグがささやいた。

せりなの持《も》っているもの。服《ふく》も、ヘアアクセも、ステーショナリーも、どれもおしゃれでかわいくて、みんながうらやましがる。せりなが身《み》に着《つ》けているものがクラスの女子《じょし》のあいだで流行《りゅうこう》することもあるぐらい。

「ブレスレットについてる石《いし》、きれいでしょ？　ローズクォーツっていうの。ママにしつこくおねだりして、ようやくゆずってもらえたんだ。うれしくって、つい、持《も》ってきちゃった」

せりなが得意《とくい》げに話《はな》している。

あたしの耳《みみ》は、つい、せりなの声《こえ》をひろってしまう。

「ママにもらったの？　いいなあっ。せりなママ、きれいでセンスいいもんねー」

きゃあきゃあ、とりまき女子《じょし》たちがさわいだ。

ママにおねだり……か。ふう、ん。

さびしさが、一瞬《いっしゅん》、北風《きたかぜ》みたいにあたしの胸《むね》にふきこんだ。

ふいうちみたいに。ほんの少《すこ》し。少《すこ》しだけ……。

「ローズクォーツって、なに？　知《し》ってる？」

メグが声《こえ》をひそめて、さゆにたずねた。

「あわいピンク色《いろ》の、透《す》きとおったきれいな石《いし》だよ。恋《こい》をかなえるパワーストーンなんだって」

恋《こい》をかなえる……？

「パワーストーンねえ。それって宝石《ほうせき》みたいなもん？　学校《がっこう》にアクセサリー持《も》ってくるの禁止《きんし》だし、先生《せんせい》に見《み》つかったら没収《ぼっしゅう》なのに。よっぽど見《み》せびらかしたかったのかなあ？」

「そう、じゃ……、ないと思《おも》う」

あたしは思《おも》わず、つぶやいた。

どうしても、身《み》に着《つ》けていたかったんだよね？　恋《こい》をかなえる石《いし》を。

おまもりがわりに、その石《いし》を。

やっぱり、せりなは今日《きょう》、勝負《しょうぶ》をしにきているんだ。

恋《こい》をかなえるつもりなんだ。

渚《なぎさ》くんは……。どうするんだろう。どう、こたえるんだろう。


あっという間《ま》に放課後《ほうかご》になった。

せりなも渚《なぎさ》くんも、とくにかわったようすはなく。いつものように、それぞれの友《とも》だちとつれだって教室《きょうしつ》をでていった。

家《いえ》に帰《かえ》ったら、それとなく渚《なぎさ》くんに探《さぐ》りを入《い》れてみようか。

でも、どうやって？　そんな探偵《たんてい》みたいなまね、したことないし。そもそも、原口先輩《はらぐちせんぱい》の一件《いっけん》以来《いらい》、気《き》まずくてまともにしゃべれていないし……。

ぼんやりしながら歩《ある》いていると、道《みち》のくぼみにつまずいて、ころびそうになってしまった。

「もーっ。千歌《ちか》ってば、気《き》をつけなよっ」

メグがからから笑《わら》ってあたしの肩《かた》をぽんとたたく。

「あれ？　渚《なぎさ》くんだ」

ふいに、さゆがつぶやいた。

「どこ？」

「いま、そこの角《かど》をまがって、走《はし》っていくのが見《み》えた」

通学路《つうがくろ》とはちがう道《みち》だ。なんで？　より道《みち》？

「見《み》まちがいかもしれないけど……」

さゆの声《こえ》が小《ちい》さくなる。

あたしは首《くび》を横《よこ》にふった。

「たぶん、それ、渚《なぎさ》くんでまちがいないと思《おも》う」

角《かど》をまがって少《すこ》し進《すす》むと、小《ちい》さな神社《じんじゃ》がある。

あたしの予想《よそう》が当《あ》たっていれば、きっと渚《なぎさ》くんは……。

「ごめん、メグ、さゆ。先《さき》に帰《かえ》ってて。あたし、渚《なぎさ》くんを追《お》いかけるね」

ふたりと別《わか》れて、あたしは神社《じんじゃ》へむかった。

今朝《けさ》の、せりなの手紙《てがみ》。あれはラブレターじゃなくって、渚《なぎさ》くんを呼《よ》びだすためのものだったんだ。

学校《がっこう》だと、このあいだみたいに、じゃまが入《はい》るかもしれない（じゃましたのはあたしだけど……）。公園《こうえん》にも、だれかくるかもしれない。だからきっと、できるだけ人目《ひとめ》につかない、神社《じんじゃ》を選《えら》んだんだ。

古《ふる》くからある家《いえ》たちのすき間《ま》にある、こぢんまりした神社《じんじゃ》。りっぱな石段《いしだん》も参道《さんどう》もない。小《ち》さな鳥居《とりい》をくぐれば、すぐに社殿《しゃでん》があって、その横《よこ》にも奥《おく》にも、大《おお》きな楠《くすのき》が生《は》えている。

息《いき》をひそめて社殿《しゃでん》のほうに近《ちか》よると、ぼそぼそと人《ひと》の話《はな》し声《ごえ》が聞《き》こえてきた。

やっぱり……。きゅっと、心臓《しんぞう》がちぢまる。

社殿《しゃでん》の横《よこ》の大《おお》きな楠《くすのき》に身《み》をかくして、こっそりとようすをうかがった。

せりなと渚《なぎさ》くんが、むかいあわせに立《た》っている。あたしのいる場所《ばしょ》からは、せりなの顔《かお》がばっちり見《み》えるけど、渚《なぎさ》くんはうしろむきだから、背中《せなか》しか見《み》えない。

せりなの長《なが》い髪《かみ》が風《かぜ》になびいている。寒《さむ》さのせいなのか、ほおが赤《あか》くそまっている。

「このあいだから、呼《よ》びだしてばかりでごめんなさい」

せりなが言《い》った。

「どうしても、渚《なぎさ》くんにつたえたいことがあって」

どきどきと、鼓動《こどう》がはやくなる。

やっぱり、告白《こくはく》……。

あたし、こんなところで、こっそりのぞき見《み》なんかしてていいんだろうか。

ずきんと、胸《むね》がうずく。

ダメに決《き》まってる。いくら気《き》になるからって……。人《ひと》の告白《こくはく》シーンをぬすみ見《み》るとか、してはいけない。

でも。からだが勝手《かって》に、渚《なぎさ》くんを追《お》いかけてしまう。すべてを見届《みとど》けたいっていう気持《きも》ちを、おさえることができない。このあいだの、空《あ》き教室《きょうしつ》でのときもそうだった。

あたしは、どんどん悪《わる》い子《こ》になる。

「つたえたいこと？　パーティのことなら、いけないって、このあいだ」

渚《なぎさ》くんの声《こえ》。あたしはふたりを、息《いき》をのんでみつめた。

目《め》がそらせない。

「そうじゃないの。あの……。あたし」

冷《つめ》たい風《かぜ》がふいて、ざわっと木々《きぎ》のこずえがゆれた。せりなは、風《かぜ》になびく自分《じぶん》の髪《かみ》を手《て》でおさえて、そして、まっすぐに渚《なぎさ》くんをみつめている。

真《ま》っ赤《か》にそまったほお。せつなくうるんだ瞳《ひとみ》。

「あたし、渚《なぎさ》くんのことが好《す》きです」

強《つよ》い風《かぜ》がふく。

「好《す》きです。はじめて会《あ》った1年生《ねんせい》のときから、ずっと。ずっとあたしは、渚《なぎさ》くんのことだけを見《み》てきたの。想《おも》ってきたの」

せりなの声《こえ》はふるえていた。

「好《す》きです……」

かぼそい声《こえ》で、ふりしぼるようにつげると、せりなはうつむいた。

どきりとした。せりなの目《め》が、一瞬《いっしゅん》、涙《なみだ》できらっと光《ひか》った気《き》がして。

あたりには、ざわざわとゆれる楠《くすのき》の、葉《は》ずれの音《おと》だけ。

長《なが》くて重《おも》い、しずかな時間《じかん》。

「藤宮《ふじみや》、おれ」

「まって」

渚《なぎさ》くんがなにか言《い》いかけたのを、せりながさえぎった。

「まって渚《なぎさ》くん。わかってる。サッカーのほうがだいじだから、女《おんな》の子《こ》とつきあうつもりはない、って。そう言《い》うんでしょ？」

「…………」

渚《なぎさ》くんは、ふたたびだまりこんでしまった。

ひょっとして、いままで渚《なぎさ》くんに告白《こくはく》した女《おんな》の子《こ》たちは、そういうふうにことわられてきたのかな。それをわかっていたから、きっと、せりなはいままで、告白《こくはく》することはしなかった……。

なのに、なんで、いま。

「あたしは、サッカーの次《つぎ》でもぜんぜんかまわない。だってサッカーをしている渚《なぎさ》くんのことも好《す》きだもん。ささえたい。力《ちから》になりたい。彼女《かのじょ》として、そばにいたい」

「でも、おれ、つきあうとか、そういうの、正直《しょうじき》よくわかんねーから」

「わかんないなら、おためしでもいい。さいしょから無理《むり》って決《き》めつけないで。もっとじっくり考《かんが》えてほしいの。あたしとのこと」

顔《かお》をあげたせりなの目《め》に、もう涙《なみだ》はなかった。

かわりにやどっているのは、強《つよ》い、強《つよ》いひかり。

「イブの日《ひ》に、こたえがほしい。だから、もしOK《オーケー》だったら……、あたしの家《いえ》のパーティに、きてください」

きっぱりそう言《い》うと、せりなは駆《か》けだした。

やばい！

とっさにその場《ば》にしゃがんで、小《ちい》さくまるまって身《み》をかくす。

せりなはあたしのすぐそばをすりぬけて、そのまま走《はし》りさっていった。

よかった……。ぎりぎり、気《き》づかれなかったみたい。

ざわざわと、境内《けいだい》の木々《きぎ》がゆれる。

渚《なぎさ》くんはずっと、その場《ば》に立《た》ちすくんでいる。

あんなにひたむきな告白《こくはく》をうけて……。渚《なぎさ》くんは、どう思《おも》ったんだろう。

これから、どうするんだろう……。

11・恋《こい》をかなえる石《いし》

とぼとぼと、帰路《きろ》につく。日《ひ》がかたむいて、夕暮《ゆうぐ》れがおとずれようとしていた。

ドアには鍵《かぎ》がかかっていた。まだ悠斗《ゆうと》くんも帰《かえ》ってきていないみたい。合鍵《あいかぎ》でドアをあける。

だれもいない、ほの暗《ぐら》いリビングで、クリスマスツリーがさびしそうにたたずんでいる。

あたしはランドセルをおろすと、ツリーの電飾《でんしょく》のスイッチを入《い》れた。

ぴかぴか、ちかちかと、ひかりがまたたきだす。青《あお》いひかり、白《しろ》いひかり、赤《あか》いひかり……。

金色《きんいろ》のオーナメントがひかりをはねかえして、きらきらとかがやいている。

あたしはその場《ば》にしゃがみこんで、ぼうっと、そのひかりを見《み》ていた。

あんなに楽《たの》しみにしていた、クリスマス・イブ。

もしも渚《なぎさ》くんがせりなを選《えら》んだら、あたしの恋《こい》は終《お》わる。

きらめくロマンチックな日《ひ》に、あたしの片思《かたおも》いは、ひっそりと終《お》わってしまうんだ。

ツリーのひかりがうるんで、にじんでいく。

うかびかけた涙《なみだ》を、あたしは手《て》のひらできゅっとぬぐった。

今日《きょう》のせりなは、しっかりと渚《なぎさ》くんをみつめて、目《め》をそらさなかった。こぼれそうになった涙《なみだ》をおしこめて、まっすぐに気持《きも》ちをつたえていた。

それにひきかえ、あたしは。こそこそとのぞき見《み》をしていただけ。

自分《じぶん》がなさけないよ。

「またツリーながめてんのかよ、おまえ」

声《こえ》がして、ふりかえった。

……渚《なぎさ》くん。いま、帰《かえ》ってきたんだ。

「ほんっと、好《す》きだな」

渚《なぎさ》くんは苦笑《くしょう》した。

好《す》き、という言葉《ことば》に反応《はんのう》して、あたしの心臓《しんぞう》はとくんと波打《なみう》つ。

渚《なぎさ》くんの「好《す》き」は。いったいどこにあるの？ いまはまだわかんないって言《い》ってたけど、これから先《さき》、「好《す》き」がうまれることはあるの？

せりなのことを好《す》きになってしまうの？

「このあいだから、千歌《ちか》、なんかヘンだよな」

渚《なぎさ》くんは、しゃがみこんだままのあたしのとなりにきた。

「ヘンなのは、渚《なぎさ》くんのほうだよ」

ぽつりと、力《ちから》なく言《い》いかえす。

「おまえがおれをさけてんだろ」

「そんなことないし」

本当《ほんとう》は、さけていたかもしれない。だって。

「鳴沢《なるさわ》さんのこと、どう思《おも》ってるの？」とか、「俺《おれ》がもらってもいいんだな？」とか。いろいろ言《い》われたし、渚《なぎさ》くんはその質問《しつもん》には、けっきょくなにもこたえていないわけだし。

ふたりして、押《お》しだまってしまった。

前《まえ》みたいに、ふつうにしゃべりたいのに。どうしても意識《いしき》してしまうよ。

そのとき。

「ただいまー」

悠斗《ゆうと》くんが帰《かえ》ってきた。あたしはあわてて立《た》ちあがった。

悠斗《ゆうと》くんは、リビングに入《はい》るなり、メガネの奥《おく》の目《め》をまるくした。

「なにしてんの？　まさかずっと、ふたりでツリーながめてたの？」

そう言《い》って、電気《でんき》をつけた。

とたんに部屋《へや》が明《あか》るくなる。

「ふたりとも、荷物《にもつ》ぐらい片《かた》づけなよ。クリスマスが待《ま》ち遠《どお》しいのはわかるけどさ」

クリスマス。その単語《たんご》を聞《き》いたとたん、渚《なぎさ》くんの肩《かた》が、ぴくっとふるえた。

渚《なぎさ》くんのほおが、うっすらと赤《あか》くなっている。

せりなの告白《こくはく》のことを思《おも》いだしたんだ……。

しぼられるみたいに、胸《むね》が、ぎゅーっと、くるしくなった。

あたしは自分《じぶん》のランドセルをひろうと、逃《に》げるようにリビングをでて、2階《かい》へと駆《か》けあがった。

自分《じぶん》の部屋《へや》に入《はい》るなり、ベッドにとびこんで、枕《まくら》に顔《かお》をうずめる。

ふつうにしなきゃ。渚《なぎさ》くんとはきょうだいなんだし、家族《かぞく》なんだし、これからもずっと、同《おな》じ家《いえ》でいっしょに暮《く》らしていく。

だから、渚《なぎさ》くんが、たとえほかの女《おんな》の子《こ》とつきあったとしても。あたしは笑《わら》って、そばにいつづけなきゃいけないんだ。

「妹《いもうと》」として。

だけど。もうすこし、心《こころ》の準備《じゅんび》をする時間《じかん》をください……。

そして、22日《にち》。終業式《しゅうぎょうしき》の日《ひ》。

2学期《がっき》も今日《きょう》で終《お》わり。あしたから、いよいよ冬休《ふゆやす》みだ。

クリスマス・イブは、あさっての日曜日《にちようび》。家《いえ》でお昼《ひる》を食《た》べたあと、午後《ごご》からでかけようって、パパたちは言《い》っていた。

クラスのみんなは、心《こころ》はすでに冬休《ふゆやす》みに飛《と》びたってるみたいで、そわそわと落《お》ちつかない。浮《う》かれてるっていうか。はしゃいでるっていうか。

「はあーあ……」

そんな中《なか》、特大《とくだい》のため息《いき》をついたのは、メグだ。

「どうしたの？」

「通知表《つうちひょう》のことを考《かんが》えたら、気《き》が重《おも》くて」

「あっ……。すっかり忘《わす》れてた。通知表《つうちひょう》のこと」

きっとさんざんだろうなあ。2学期《がっき》は、はじめてまんがをさいごまで描《か》ききったり、雑誌《ざっし》の賞《しょう》に投稿《とうこう》したり、勉強《べんきょう》なんてそっちのけだった。

それに……。あたしは、生《う》まれてはじめて、恋《こい》をしてしまった。

しかもその相手《あいて》は、ひとつ屋根《やね》の下《した》、いつもそばにいる。

だからあたしは、毎日《まいにち》どきどきして、せつなくなったり苦《くる》しくなったりして……。

ゆうべだって結局《けっきょく》、渚《なぎさ》くんとせりなのことを考《かんが》えてしまって、あんまり眠《ねむ》れなかった。

せりなの席《せき》に、ちらっと視線《しせん》を送《おく》る。まだきていないみたい。もうすぐ始業時間《しぎょうじかん》なのに。

せりながこんなに遅《おそ》いなんて、めずらしい。

きのう、寒《さむ》かったし、まさか風邪《かぜ》をひいたとか……？

そんなことを考《かんが》えていたら、せりながだだっと教室《きょうしつ》に駆《か》けこんできた。

自分《じぶん》の席《せき》にどさっと荷物《にもつ》をおくと、すぐに机《つくえ》の中《なか》を見《み》て、なにかを探《さが》しはじめた。

なにか、なくしたんだろうか？

せりなの顔《かお》が、みるみるうちに青《あお》ざめていく。

そして、チャイムが鳴《な》った。


1時間目《じかんめ》は終業式《しゅうぎょうしき》だから、体育館《たいいくかん》に移動《いどう》しなきゃいけない。

ちなみに2時間目《じかんめ》は大《おお》そうじ。3時間目《じかんめ》のホームルームが終《お》われば、解散《かいさん》。

みんなが教室《きょうしつ》をでていくなか、せりなはひとり、自分《じぶん》の席《せき》のまわりでなにかを探《さが》している。

野村《のむら》さんがせりなのそばに駆《か》けよって、せりなに話《はな》しかけた。

「えーっ！」

野村《のむら》さんが悲鳴《ひめい》みたいな大《おお》きな声《こえ》をあげた。

「たいへんじゃん！　だいじなものでしょ？　うちらも探《さが》すよー」

だいじなもの……？　思《おも》わず、耳《みみ》をすます。

「朝《あさ》はやくから、きのう通《とお》った道《みち》も、より道《みち》した場所《ばしょ》も、ぜんぶ探《さが》しながらきたけど、見《み》つからないのよ。きっと学校《がっこう》でなくしたんだと思《おも》う」

せりな、いまにも泣《な》きだしそうな声《こえ》だ……。

と、メグがあたしの服《ふく》のそでを、くいっとひっぱった。

「千歌《ちか》、早《はや》くいこう！」

「う、うん」

気《き》になる。

「だいじなもの」をなくしたんだとしたら、きっと気《き》が気《き》じゃないはず。

終業式《しゅうぎょうしき》が終《お》わって教室《きょうしつ》に帰《かえ》ってきてからも、せりなは野村《のむら》さんたちといっしょに、あちこちを探《さが》しまわっている。

「つぎは大《おお》そうじだからな。机《つくえ》といすをうしろに引《ひ》いて、それぞれのそうじ場所《ばしょ》に移動《いどう》しなさい！」

と、先生《せんせい》が言《い》った。

みんな、はーいと返事《へんじ》をして、自分《じぶん》の机《つくえ》といすを動《うご》かした。教室《きょうしつ》そうじのための前《まえ》は、毎回《まいかい》、こうする。

あたしの担当《たんとう》は、教室《きょうしつ》と廊下《ろうか》。

メグとさゆは玄関《げんかん》ホールだから、ふたり連《つ》れだって教室《きょうしつ》をでていった。

せりなも、しぶしぶ、といったようすで、教室《きょうしつ》をでていく。たぶん外《そと》のどこかの担当《たんとう》なんだ。

チャイムが鳴《な》り、あたしはロッカーからほうきを取《と》りだした。

教室《きょうしつ》の前《まえ》のほう、すみっこから、ていねいに掃《は》いていく。そのあとを、ぞうきん担当《たんとう》の人《ひと》たちが、だだっとふいていく。

ほうきのつかいかたがじょうずだね、と、低学年《ていがくねん》のときに先生《せんせい》にほめられたことがある。

うちにはママがいなくて、パパもいまより忙《いそが》しかったから、小《ちい》さいときから、ほうきを使《つか》ったかんたんなそうじは自分《じぶん》でしていた。

めんどうくさいから、家《いえ》のそうじはあんまり好《す》きじゃないんだけど、ふだん学校《がっこう》でほめられることがあまりないから、学校《がっこう》のそうじの時間《じかん》は気合《きあ》いがはいってしまう。

教室《きょうしつ》のうしろのほう、ふだんのそうじでは見落《みお》としがちな、ロッカーとかべのあいだのわずかなすき間《ま》から、ごみをかきだすことにした。

いっしょうけんめい、ほうきの先《さき》を動《うご》かしていると。

「…………ん？」

ほこりといっしょに、でてきたのは。

きれいなあわいピンク色《いろ》の石《いし》のついた、ブレスレット！

ひろいあげて、ていねいにほこりやごみをはらった。

細《ほそ》いゴールドのチェーンに、さくら色《いろ》した水晶《すいしょう》みたいな、透《す》きとおったかがやきをはなつ小《ちい》さな石《いし》が、いくつもあしらってある。

この石《いし》って……。ローズクォーツ？

せりながきのう学校《がっこう》に持《も》ってきていたっていう、パワーストーンのブレスレット。

ブレスレットそのものは見《み》ていないけど、これがきっとそうだ。

せりなが朝《あさ》から探《さが》しまわっていたのは、これだったんだ。

恋《こい》をかなえる石《いし》。

ママにおねだりして、やっとゆずってもらえたって言《い》ってた。

きゅっと、胸《むね》が痛《いた》む。

いままであたしは、せりなに、いじわるなこともされたし、いやなことも言《い》われた。

「鳴沢《なるさわ》さんなんかが」って、いつもあたしのことを下《した》に見《み》て。渚《なぎさ》くんといっしょに暮《く》らしていることを、ずるいと言《い》ってなじった。

このブレスレットをどこかに捨《す》ててしまおうか。そんな考《かんが》えが、ふと脳裏《のうり》をよぎる。

——ダメだよ！

あたしはぶんぶんと首《くび》を横《よこ》にふった。

渚《なぎさ》くんに思《おも》いをつげていたせりなの、ひたむきな瞳《ひとみ》。

ブレスレットを探《さが》しているときの、青《あお》ざめた顔《かお》。

ピンク色《いろ》のかがやく石《いし》を、そっと、手《て》のひらに包《つつ》んだ。

あたしはちゃんと、せりなに届《とど》ける。

12・ついに、直接対決《ちょくせつたいけつ》。

ブレスレットをにぎりしめて、外《そと》にでた。

とたんに、冷《つめ》たい北風《きたかぜ》が砂《すな》ぼこりを舞《ま》いあげて、あたしはせきこんだ。

うちのクラスの担当《たんとう》は、玄関《げんかん》ホールと、中庭《なかにわ》と、グラウンドまわり。

まず先《さき》に中庭《なかにわ》のほうにいってみたけど、せりなは見当《みあ》たらない。

あたしはそのまま、グラウンドにむかった。

グラウンドのまわりには、桜《さくら》をはじめ、いろんな木《き》が植《う》えらえている。

生徒《せいと》たちは、フェンスのすみにたまった落《お》ち葉《ば》を竹《たけ》ぼうきではいたり、まばらに生《は》えた草《くさ》をむしったりしている。

せりなを探《さが》して走《はし》る。

グラウンドは広《ひろ》いし、ほかの学年《がくねん》の人《ひと》たちもいるから、なかなか見《み》つからない。

「……あっ」

いた。

遊具《ゆうぐ》のそばの桜《さくら》の木《き》の下《した》で、ひとり、ぼうっと竹《たけ》ぼうきを動《うご》かしている。

あたしは、せりなのもとへ駆《か》けよった。

「あのっ……！」

声《こえ》をかけると、せりなはほうきを動《うご》かす手《て》をとめて、あたしのほうを見《み》た。

「……なに？」

じろりと、にらまれる。

きらわれているのは、じゅうぶん承知《しょうち》しているけど。せりなににらみつけられると、あたしはすぐにひるんでしまう。

だけど、ちゃんとわたさなきゃ。

「こ、これ」

にぎりしめていたブレスレットを、せりなの前《まえ》に差《さ》しだした。

せりなは、大《おお》きな目《め》をさらに大《おお》きく見《み》ひらいて、ぱさりと、竹《たけ》ぼうきを取《と》り落《お》としてしまった。

「さっき。教室《きょうしつ》をそうじしていて、見《み》つけたの。藤宮《ふじみや》さん、ブレスレットがどうとか話《はな》してたから、もしかしたら、藤宮《ふじみや》さんのかもしれないって思《おも》って」

「……そうよ。これは、あたしの」

せりなはあたしの手《て》から、ブレスレットを受《う》けとった。

「……ありがと」

もごもごと、小声《こごえ》でつぶやく。

「だいじな……。もの、なんだよね？　ママからもらった、って」

「……まあね」

ぼそりと答《こた》えると、せりなは、ブレスレットをひとなでして、自分《じぶん》の胸《むね》に押《お》し当《あ》てた。

「じゃ、じゃあ」

くるりときびすを返《かえ》して、せりなに背《せ》をむける。

無事《ぶじ》、せりなにわたすことができたわけだし、あたしも早《はや》く、自分《じぶん》の持《も》ち場《ば》にもどらないと。

「待《ま》って、鳴沢《なるさわ》さん」

呼《よ》びとめられて、びくっと肩《かた》がふるえた。

ふりかえって、ふたたび、せりなとむきあう。

「なに……？」

「鳴沢《なるさわ》さん。きのう、いたでしょ？　神社《じんじゃ》に」

どくん、と心臓《しんぞう》が鳴《な》る。

気《き》づかれてたんだ……。

「空《あ》き教室《きょうしつ》にもいたし、あなた、そんなにあたしのじゃまがしたいの？　それとも、のぞき見《み》が趣味《しゅみ》なの？」

せりなはあたしを、きつくにらみつけた。

「ごめんなさい」

いさぎよく、頭《あたま》をさげる。

自分《じぶん》だって、もし、告白《こくはく》しているところをだれかにのぞき見《み》されたら、いやだもん。

なのに、いけないことだとわかっていても、自分《じぶん》を止《と》められなかった。

ふうっと、せりなは長《なが》い息《いき》をついた。

「ま。いいわ。あたしだってあなたのこと尾行《びこう》したし。だいじな宝物《たからもの》を見《み》つけてもらったし。今《こん》回《かい》は、許《ゆる》してあげる」

「あの。藤宮《ふじみや》さん。前《まえ》、あたしの机《つくえ》に、手紙《てがみ》みたいなもの、入《い》れた……？」

「手紙《てがみ》？」

せりなはけげんそうに眉間《みけん》にしわをよせた。

「なんであたしが、あなたに手紙《てがみ》なんて書《か》くわけ？」

そうか。知《し》らないんだ。

「ううん。なんでもない」

あたしは、小《ちい》さく首《くび》を横《よこ》にふった。

あたしにあやしい脅迫状《きょうはくじょう》をだしたのは、やっぱりせりなじゃなかった。

なんとなくそんな気《き》はしていたけど、いちおう、たしかめておきたかったんだ。

「鳴沢《なるさわ》さん」

せりなはじっとあたしの目《め》をみつめた。

「あたし、ぜったいに渚《なぎさ》くんをふりむかせる。彼女《かのじょ》になってみせる」

きっぱりと、せりなは言《い》い切《き》った。

「ただ幸運《こううん》にめぐまれただけのあなたになんか、負《ま》けないんだから」

幸運《こううん》。

めぐまれている。

ずるい。

あたしは、ぐっと、にぎりしめた自分《じぶん》の手《て》に、力《ちから》をこめた。

「あの。藤宮《ふじみや》さん」

いつまでも、言《い》われっぱなしのままじゃいやだ。

あたしだって、せりなに、きっぱりと言《い》いたいことがある。

「あたしのこと、そんなふうに言《い》わないで」

せりなの強《つよ》い目力《めぢから》をはねかえすように、ぐっと目頭《めがしら》に力《ちから》をこめて、めいっぱいにらんだ。

「あたしのママは、小《ちい》さいころにでていった。顔《かお》もおぼえていない。それからずっと、パパとふたりで暮《く》らしてた。さびしいって思《おも》うこともあったけど、パパは必死《ひっし》に、あたしを育《そだ》ててくれた」

せりなも、あたしから目《め》をそらさない。

負《ま》けるもんか。

「渚《なぎさ》くんだって、そう。大好《だいす》きだったお父《とう》さんを亡《な》くして、きっと、すごくつらい思《おも》いをしたんだと思《おも》う。渚《なぎさ》くんのママも、大変《たいへん》な思《おも》いをしたんだと思《おも》う」

「……それで？」

せりなは眉《まゆ》ひとつ動《うご》かさない。

「そんなあたしのパパと、渚《なぎさ》くんのママが出会《であ》って、結婚《けっこん》した。家族《かぞく》になった」

言《い》いたいことが、うまく言葉《ことば》になってくれなくて、もどかしくて。

手《て》のひらに、いやな汗《あせ》がにじみだす。

だけど、ちゃんとつたえなきゃ。

「それを、ずるいとか。めぐまれてる、とか。言《い》わないで」

これだけは、言《い》いたかった。

「あたしたち、みんな。いろんなことをのりこえて、幸《しあわ》せになろうとしているの。家族《かぞく》になろうとがんばってるの。だから……」

せりなは、ずっと押《お》しだまっていたけど。

ふいに、あたしをにらみつけていた目《め》から、するどいひかりが消《き》えた。そして。

「わかった。もう言《い》わない」

しずかに、そう言《い》った。

そのかわり、と、せりなはふたたび口《くち》をひらく。

「正直《しょうじき》にこたえて」

「なにを……？」

「鳴沢《なるさわ》さんは、渚《なぎさ》くんのことを好《す》きなんでしょ？」

「…………」

うつむいて、きゅっと、くちびるをかんで。

とくとくと波打《なみう》ちはじめた心臓《しんぞう》に手《て》をあてて、ゆっくり、息《いき》を吸《す》いこむ。

あたしは、ふたたび顔《かお》をあげた。

「好《す》きだよ」

まっすぐに、そうつげた。

もう、逃《に》げない。

「大好《だいす》き。だれよりも好《す》き。藤宮《ふじみや》さんにだって負《ま》けない」

せりなみたいに、かわいくもないし、おしゃれでもないし、目立《めだ》つポジションにいるわけでもない。むしろ底辺《ていへん》。

勝《か》てるところなんてまるでないあたしだけど、これだけは言《い》いきれる。

あたしだって、渚《なぎさ》くんのことが大好《だいす》き。

気持《きも》ちの強《つよ》さだけは、ぜったいに負《ま》けない。

せりなは、あはっ、と笑《わら》った。

「あたしね。クリスマス会《かい》のプレゼント、あなたの描《か》いたカードが当《あ》たったのよ」

「えっ……」

せりなに？　あたしのカードが？

「すぐに鳴沢《なるさわ》さんが描《か》いたものだってわかった。前《まえ》にまんがも見《み》たことがあるし。うちのクラスに、ほかにあんなに絵《え》が描《か》ける人《ひと》なんていないし」

　せりなはつづける。

「正直《しょうじき》、破《やぶ》って捨《す》てようかと思《おも》った。でも」

　でも……？

「できなかった。くやしいけど。破《やぶ》れなかった」

　くすっと笑《わら》うと、せりなは、長《なが》い髪《かみ》をさっと手《て》ではらった。

「あたし、クリスマス・イブの日《ひ》に、渚《なぎさ》くんに告白《こくはく》のこたえをもらうの。もしもあたしが渚《なぎさ》くんの彼女《かのじょ》になったら、ちゃんと祝福《しゅくふく》してよね？」

いつもの、自信《じしん》たっぷりな、勝《か》ちほこったような顔《かお》で。

「渚《なぎさ》くんの『妹《いもうと》』として、ね」

せりなは、にやりと、ほほえんだ。


教室《きょうしつ》にもどっても、あたしはまだどきどきしていた。

せりなに、面《めん》とむかって、渚《なぎさ》くんのことを好《す》きだと言《い》ってしまった。

負《ま》けないとまで、言《い》ってしまった……！

自分《じぶん》のことが信《しん》じられない。

大《おお》そうじが終《お》わり、2学期《がっき》さいごのホームルーム。

「みんなに、サンタさんからクリスマスプレゼントだぞー」

先生《せんせい》が陽気《ようき》に言《い》いはなって、みんながいっせいにブーイングする。

出席番号順《しゅっせきばんごうじゅん》に名前《なまえ》を呼《よ》ばれて、通知表《つうちひょう》をわたされるんだ。

「つぎ。高坂渚《こうさかなぎさ》」

「はい」

渚《なぎさ》くんが立《た》ちあがった。いつもと変《か》わらない表情《ひょうじょう》で前《まえ》にすすんで、通知表《つうちひょう》を受《う》けとっている。

あたしは、ずっとみつめていた。

渚《なぎさ》くんを。

自分《じぶん》の席《せき》で通知表《つうちひょう》をひらいて、わずかに顔《かお》をしかめて。うしろの席《せき》の男子《だんし》に背中《せなか》をつつかれて、たがいに見《み》せあって、「おれ、やべーっ」なんて言《い》って笑《わら》っている。

せりなにつげたのは、あたしの、本当《ほんとう》の気持《きも》ち。

渚《なぎさ》くんを、だれにもわたしたくない。

「……さわ。鳴沢《なるさわ》千歌《ちか》！」

先生《せんせい》の声《こえ》が飛《と》んできて、はっとわれに返《かえ》った。

「受《う》けとりたくない気持《きも》ちはわかるが、無視《むし》はしないでくれ」

先生《せんせい》がおおげさにため息《いき》をついて、みんながいっせいに笑《わら》った。

うう……。はずかしい。

わたされた通知表《つうちひょう》を少《すこ》しだけひらいて、すき間《ま》からのぞき見《み》るみたいにして、そーっと中身《なかみ》をたしかめる。

そして、すぐさま、ぱたんととじた。

怒《おこ》られるだろうなあ……。この成績《せいせき》。

それから、冬休《ふゆやす》みの生活《せいかつ》について、先生《せんせい》が話《はなし》をして。

さようならのあいさつをしたあと、解散《かいさん》！

とたんに、みんな、空《そら》にむかって飛《と》びあがりそうないきおいで、教室《きょうしつ》から駆《か》けだす。

いろんなことがありすぎた2学期《がっき》が、終《お》わった。

帰《かえ》り道《みち》。メグとさゆに、せりなとのことを話《はな》しながら歩《ある》いた。

「すごい。強《つよ》くなったね」

って、メグは目《め》をまるくした。

冬休《ふゆやす》みも遊《あそ》ぼうね、って約束《やくそく》をして、交差点《こうさてん》で手《て》をふる。

ふたりと別《わか》れて、ひとり、歩《ある》いていたら。

「千歌《ちか》」

うしろから、肩《かた》をたたかれた。

「渚《なぎさ》くん」

「おまえ、通知表《つうちひょう》どうだった？」

にやりと、いじわるな笑《え》みをうかべている。

「どうせ、ひどい成績《せいせき》だって思《おも》ってるんでしょ」

「どうせ、ひどい成績《せいせき》なんだろ？」

「むかつく！」

渚《なぎさ》くんの腕《うで》にパンチをしようとしたら、ひょいっとかわされた。

「とくに体育《たいいく》の成績《せいせき》がやばそう」

渚《なぎさ》くんはからから笑《わら》った。

むかつくけど、ふつうに話《はな》しかけてきてくれたことに、ちょっと安心《あんしん》してしまう。

「人《ひと》のことばっかり言《い》ってるけど、そういう渚《なぎさ》くんはなにが苦手《にがて》なの？　図工《ずこう》？」

じとっと、にらんだ。

「たしかに図工《ずこう》は苦手《にがて》だなー。だから、おまえが絵《え》がうまいの、マジですげーって思《おも》ってんだよ」

渚《なぎさ》くんは、さらっとそう答《こた》えた。

一方的《いっぽうてき》にからかってきたくせに、そうやって、いきなりまじめモードになってほめてくるの、ずるいよ。

どきっとしちゃうじゃん。

葉《は》を落《お》としてしまったけやきの木々《きぎ》が立《た》ちならぶ、いつもの通学路《つうがくろ》を、ふたりで歩《ある》く。
これからあたしたちは、同《おな》じ家《いえ》に帰《かえ》って、いっしょにただいまを言《い》う。
学校《がっこう》が休《やす》みになっても、あたしは毎日《まいにち》渚《なぎさ》くんに会《あ》える。
家族《かぞく》だから。
せりなや、ほかの女《おんな》の子《こ》がむかつくのも、わかる。
だけどあたしはもう、おびえたり、かくれたりしないよ。
もしも渚《なぎさ》くんがせりなのほうを選《えら》んだら……。
自分《じぶん》の気持《きも》ちは心《こころ》の奥《おく》の、もっと奥《おく》のほうにしまって。
ちゃんと「妹《いもうと》」として、うまくやっていけるように、努力《どりょく》する。
そうするしか、ないんだ。
せりなの告白《こくはく》のゆくえ。
あたしの恋《こい》の、未来《みらい》。
運命《うんめい》は、クリスマス・イブの日《ひ》に、ゆだねられた。

13・クリスマス・イブ

渚《なぎさ》くんはいそがしい。

23日《にち》は、午前中《ごぜんちゅう》に練習試合《れんしゅうじあい》。そのあとにサッカークラブの保護者同伴《ほごしゃどうはん》の懇親会《こんしんかい》があって、夕方《ゆうがた》ちかくまで帰《かえ》ってこなかった。

試合《しあい》の応援《おうえん》にいこうかな、とも思《おも》ったけど。今回《こんかい》は、あたしは家《いえ》で、自分《じぶん》のまんがをすすめることにした。

せりなは、「サッカーしている渚《なぎさ》くんも好《す》き。ささえたい」って言《い》ってた。

あたしも、サッカーしている渚《なぎさ》くんのことは好《す》きだよ。もちろん、力《ちから》になりたいって思《おも》ってる。

でも、それだけじゃいやなんだ。

自分《じぶん》が「がんばる」って決《き》めたことはやりきりたいし、自分《じぶん》の数少《かずすく》ない「いいところ」は、伸《の》ばしていきたい。

渚《なぎさ》くんも、ほめてくれたし……。

渚《なぎさ》くんのことを思《おも》うと、胸《むね》の中《なか》が熱《あつ》くなるよ。力《ちから》がわいてくるよ。

もしも、渚《なぎさ》くんがほかの女《おんな》の子《こ》を選《えら》んだとしても、この気持《きも》ちは宝物《たからもの》。

夜《よる》。寝《ね》る前《まえ》に、机《つくえ》の引《ひ》きだしをあけて、家族旅行《かぞくりょこう》のときに、渚《なぎさ》くんといっしょにとった写真《しゃしん》を取《と》りだした。

そっと、なでる。笑顔《えがお》の渚《なぎさ》くんと、笑顔《えがお》のあたしを。

「好《す》き」っていう気持《きも》ちを教《おし》えてくれて、ありがとう。


そして、24日《か》。クリスマス・イブ。

家族《かぞく》そろって、かんたんなお昼《ひる》ごはんを食《た》べたあと。

「今日《きょう》は、街《まち》で映画《えいが》を観《み》て、お買《か》い物《もの》して、おいしいごはんよ。片《かた》づけがすんだら、すぐに準備《じゅんび》してね」

と、みちるさんがにっこり笑《わら》った。パパもにこにこと、じょうきげん。

「ちょうど、観《み》たい映画《えいが》があったんだよ」

悠斗《ゆうと》くんがほほえむ。

「悠斗《ゆうと》くんは、クリスマスに約束《やくそく》している友《とも》だちとかいないの？」

ふと疑問《ぎもん》に思《おも》って、聞《き》いてみた。

「べつにクリスマスだからどうのこうの、っていうのはないよ。冬休《ふゆやす》みも塾《じゅく》や部活《ぶかつ》でふつうにみんなに会《あ》うしね」

「ふうん……。っていうか部活《ぶかつ》って、なに？」

「理科部《りかぶ》だよ。週《しゅう》に2回《かい》しか活動《かつどう》してないんだけどね」

「そうなんだ、知《し》らなかった」

さすが悠斗《ゆうと》くん。あたし、部活《ぶかつ》でまで理科《りか》の勉強《べんきょう》したくないよ。

理科部《りかぶ》でどんな実験《じっけん》をするのか、悠斗《ゆうと》くんとなごやかにおしゃべりしていたら。

がたんと、渚《なぎさ》くんが立《た》ちあがった。

「おれ。いまからちょっとでかけてくる」

その言葉《ことば》を聞《き》いた瞬間《しゅんかん》。

心臓《しんぞう》がきゅっと縮《ちぢ》んで。止《と》まりそうになってしまった。

いまから、って……。せりなの家《いえ》だよね？

ずきん。

痛《いた》む胸《むね》に手《て》を当《あ》てた。ずきん、ずきん。

——もしOK《オーケー》だったら、あたしの家《いえ》のパーティにきてください。

せりなのせりふがよみがえる。

せりなのところにいくってことは、つまり、渚《なぎさ》くんは……。

ぎゅっと、目《め》をつぶる。

「いまから？　どこにいくの？　用事《ようじ》があるなら、もっと早《はや》く言《い》ってくれないと困《こま》るじゃない」

みちるさんがたしなめた。

「急用《きゅうよう》なんだよ。でも、すぐにもどってくるから。家族《かぞく》の約束《やくそく》のほうが先《さき》だったし、それは守《まも》る」

渚《なぎさ》くんは、しずかに言《い》った。

渚《なぎさ》くんは、せりなに、告白《こくはく》のこたえをつたえにいくんだ。

こたえはもう、渚《なぎさ》くんの心《こころ》の中《なか》に、あるんだ。

知《し》りたくてたまらない。渚《なぎさ》くんのだしたこたえを。

でも、こわい。こわいよ。

渚《なぎさ》くんが帰《かえ》ってくるのを待《ま》っている間《あいだ》。

あたしは、みちるさんに、髪《かみ》の毛《け》をきれいに結《ゆ》ってもらった。

みちるさんは、あたしの髪《かみ》の毛《け》をふたつのおさげにして、さらにそのおさげをくるんとまるめてピンでとめて、耳下《みみした》でお団子《だんご》にしてくれた。

「できた！　かわいい！　さて、洋服《ようふく》はどうする？」

みちるさんがほほえむ。

「ふ、服《ふく》は、このままでいいよ」

あたしは、ライトグレーのシンプルなニットに、デニムのひざ丈《たけ》スカートといういでたち。

今日《きょう》ぐらいスカートをはこうかなって、数少《かずすく》ないスカートたちをひさびさにたんすから引《ひ》っぱりだしてみたら、ほとんど小《ちい》さくなっていて、サイズが合《あ》うのがこれしかなかったんだ。

そう説明《せつめい》すると、

「そっか……。いっしょに冬物《ふゆもの》を買《か》いにいこうって思《おも》ってたのに、忙《いそが》しくてなかなか時間《じかん》が取《と》れなくて。ごめんね？」

みちるさんが、あたしの頭《あたま》をなでた。

「い、いいの！」

そんな申《もう》し訳《わけ》なさそうな顔《かお》、しないでほしいよ。

「あたしって、ほら、顔《かお》も地味《じみ》だし。かわいいかっこうしたって、どうせにあわないから、いいんだ！」

「にあわないなんてこと、ないのに」

みちるさんは、あたしの目《め》をみつめた。

「千歌《ちか》ちゃんは、ずっと、自分《じぶん》のことをそんなふうに思《おも》ってたの？　シンプルな服《ふく》ばかりなのは、たんに、それが千歌《ちか》ちゃんの好《この》みなのかなって思《おも》ってたけど。ほんとは……」

「そうなの！　好《この》みなの！」

みちるさんのせりふをさえぎって、明《あか》るい声《こえ》をあげた。

「あたし、シンプルで地味《じみ》な色《いろ》の服《ふく》が好《す》きなの。だから、クリスマスだからっておしゃれしなくてもいいんだ。髪《かみ》をかわいくしてもらっただけで、じゅうぶんだよ」

思《おも》いっきり、笑顔《えがお》をつくってみせた。

本当《ほんとう》は。「とびっきりのおしゃれ」をした自分《じぶん》を、渚《なぎさ》くんに見《み》せたいなって気持《きも》ちもあったけど。

でも、いま、渚《なぎさ》くんはせりなの家《いえ》にいる。

もし渚《なぎさ》くんがせりなとつきあうことになったら、はりきったぶんだけむなしくなるから。

あたしは、いつも通《どお》りでいい。

やがて、渚《なぎさ》くんが帰《かえ》ってきた。自《じ》転《てん》車《しゃ》をとばしてきたみたいで、息《いき》を切《き》らして、ほおが赤《あか》い。

ていうか。渚《なぎさ》くんって、せりなの家《いえ》、知《し》ってるんだ。

1年生《ねんせい》のころから、せりなは渚《なぎさ》くんのことを好《す》きなんだもんね。これまでにも、お呼《よ》ばれしたことがあったってふしぎじゃない。

そんなことを考《かんが》えていたら、気《き》分《ぶん》がふさいできた。

ぶんぶんと、首《くび》をふる。

せっかくのおでかけだもん。よけいなことは考《かんが》えないようにしなきゃ。

あたしが暗《くら》い顔《かお》してたら、みちるさんやパパ、そして悠《ゆう》斗《と》くんにも心《しん》配《ぱい》かけちゃうもん。

楽《たの》しもう！


あたしたちは、パパの運《うん》転《てん》する車《くるま》で、街《まち》の中《ちゅう》心《しん》部《ぶ》にある、にぎやかな繁《はん》華《か》街《がい》にむかった。

地《ち》下《か》にある市《し》営《えい》の駐《ちゅう》車《しゃ》場《じょう》に車《くるま》をとめて、そこからは歩《ある》いて移《い》動《どう》する。

クリスマスの街《まち》は、はなやいでいた。

「なんか、カップル多《おお》いね」

悠《ゆう》斗《と》くんが苦《く》笑《しょう》した。

ほんと、すれちがうのはカップルばかり。

しあわせそうに腕《うで》を組《く》んで歩《ある》く人《ひと》たち、手《て》をつないでお店《みせ》のウインドウをのぞいている人《ひと》たち。

いいなあ……。

あたしの少《すこ》し前《まえ》を歩《ある》く渚《なぎさ》くんの背中《せなか》をみつめる。

テレパシーで、渚《なぎさ》くんの気《き》持《も》ちがわかったらいいのにな。

せつないよ。

思《おも》わずついたため息《いき》は、にぎわうクリスマスの街《まち》の中《なか》に溶《と》けていく。

大通《おおどお》りを少《すこ》し歩《ある》くと、すぐに映画館《えいがかん》に着《つ》いた。

映画《えいが》を観《み》るのなんて、ずいぶんひさしぶり。

悠斗《ゆうと》くんが観《み》たいと言《い》っていたのは、ミステリー。大好《だいす》きな小説《しょうせつ》の実写化《じっしゃか》なんだって。

「千歌《ちか》ちゃんはなにが観《み》たい？」

みちるさんに聞《き》かれて。

「うーん……。このラインナップだと、これかなあ？」

時空《じくう》を超《こ》えたせつない恋《こい》をえがいた、アニメ。泣《な》けるってメグが言《い》ってた。

でも……。渚《なぎさ》くんは興味《きょうみ》ないかもなあ。

「おれは、これ」

渚《なぎさ》くんが指差《ゆびさ》したのは、なんと、ゾンビ映画《えいが》！

この冬最恐《ふゆさいきょう》！　とか、全米《ぜんべい》がパニックにおちいった、とか、おそろしいあおり文句《もんく》がならんでる。

ぜったいに無理《むり》……。ただでさえホラーが苦手《にがて》なのに、大《おお》きなスクリーンで次《つぎ》から次《つぎ》にゾンビがおそいかかってくる映画《えいが》を観《み》るなんて、正気《しょうき》じゃいられない。

でも。せっかくの映画館《えいがかん》だもん。渚《なぎさ》くんといっしょに観《み》たい。

「どうする？　千歌《ちか》ちゃん。パパと悠斗《ゆうと》と同《おな》じの、観《み》る？」

「うう……」

迷《まよ》っていると、渚《なぎさ》くんが、小《ちい》さくため息《いき》をついた。

「いいよ、おれもアニメで。千歌《ちか》にゾンビなんか観《み》せたら失神《しっしん》しかねないもんな」

「じゃ、決定《けってい》ね」

みちるさんがにっこり笑《わら》った。チケットを買《か》ったあと、ふた手《て》にわかれる。

ポップコーンとドリンクを買《か》ってもらって、劇場《げきじょう》へ。ポップコーンは量《りょう》が多《おお》いから、あたしと渚《なぎさ》くん、ふたりでひとつ、だって。

みちるさん、渚《なぎさ》くん、あたしの順《じゅん》で、指定《してい》された座席《ざせき》に座《すわ》った。

すると、渚《なぎさ》くんが、いきなり、

「千歌《ちか》、席《せき》かわろう」

と言《い》いだした。なんで？　みちるさんのとなりじゃないほうがいいのかな？

ふしぎに思《おも》っていたけど、席《せき》をかわってから気《き》づいた。あたしが座《すわ》っていた席《せき》の、前《まえ》の席《せき》に、背《せ》の高《たか》い男《おとこ》の人《ひと》がいる。

ひょっとして、スクリーンが見《み》えづらいかもって、気《き》づかってくれたのかな……。

となりにいる渚《なぎさ》くんは、いつも通《どお》り、すずしい顔《かお》をしている。

どうしよう。どきどきしてきた。

真《ま》っ暗《くら》な映画館《えいがかん》で、となりどうし。せっかくの映画《えいが》だけど、ちゃんと集中《しゅうちゅう》して観《み》れるかなあ。

ポップコーンに手《て》をのばす。と、こつん、と手《て》がぶつかった。

渚《なぎさ》くんの手《て》！

「おまえ、食《く》いすぎるなよ？」

渚《なぎさ》くんがささやいた。どきどきが加速《かそく》していく。

これじゃ、うかつにポップコーンも食《た》べられないよ。

予告編《よこくへん》が終《お》わり、いよいよ本編《ほんぺん》がはじまった。

心配《しんぱい》していたけど、すぐにストーリーにひきこまれて、あっという間《ま》の110分《ぷん》。

気《き》づいたら、あたしは泣《な》いていた。

エンドロールが終《お》わり、映画館《えいがかん》からでても、涙《なみだ》は止《と》まらない。

あたしと同《おな》じく、たくさん泣《な》いていたみちるさんは、メイクを直《なお》しに化粧室《けしょうしつ》にいった。

チケット売《う》り場《ば》そばのソファに座《すわ》って、パパたちを待《ま》つ。

「おまえ、いいかげん泣《な》きやめよ」

渚《なぎさ》くんがあきれている。

「だって。だって。す、好《す》きな人《ひと》に、もう二《に》度《ど》と会《あ》えなくなるんだよ？」

ヒロインの幼《おさな》なじみは、事故《じこ》で死《し》ぬ運命《うんめい》だったヒロインを救《すく》うために未来《みらい》からタイムスリップしてきて、かわりに自分《じぶん》が事故《じこ》にあってしまうの。

ずっと好《す》きだった、って言葉《ことば》を残《のこ》して、彼《かれ》は消《き》えてしまうんだ。

思《おも》いだしたら、また、ぶわっと涙《なみだ》がでてきた。ハンカチもびしょぬれだよ。

「渚《なぎさ》くんはどうしてそんなに平気《へいき》な顔《かお》していられるの？」

あれで泣《な》かないなんて。

「おれは……。そんなに悲《かな》しくないっつーか。だって、ちゃんと彼女《かのじょ》のこと、助《たす》けることができただろ？」

あたしは顔《かお》をあげた。

「もし、渚《なぎさ》くんだったら。だ、だいじな女《おんな》の子《こ》を救《すく》うためだったら、自分《じぶん》が消《き》えてしまってもいいって思《おも》う？」

どきどき、胸《むね》が鳴《な》っている。

あたし、なにを聞《き》いているんだろう。

渚《なぎさ》くんは、ふっ、と、あたしから目《め》をそらして、

「…………さあ。どうだろうな」

と、つぶやくようにこたえた。

少《すこ》し、渚《なぎさ》くんのほおが赤《あか》くなっている。

ここは、暑《あつ》いぐらいに暖房《だんぼう》がききすぎているから、そのせい？

それとも……。

せりなのことを、考《かんが》えたのかな。あのヒロインが、もしもせりなだったら、って。思《おも》ってしまったのかな……。


映画館《えいがかん》をでた後《あと》は、みちるさんの提案《ていあん》で、男子《だんし》チームと女子《じょし》チームにわかれて、それぞれショッピングをすることになった。

ディナーの予約《よやく》は7時《じ》だから、それまでにレストランに集合《しゅうごう》。

みちるさんに連《つ》れられて、お洋服《ようふく》を見《み》てまわった。大人服《おとなふく》も子《こ》ども服《ふく》もそろう、ファミリーむけのブランドのショップをいくつかのぞく。

「どれもかわいくて、つい目移《めうつ》りしちゃうわ～」

みちるさん、ほくほく。

「あっ。千歌《ちか》ちゃん、あの店《みせ》にいこう！」

みちるさんが指差《ゆびさ》したお店《みせ》は、小学生女子《しょうがくせいじょし》に大人気《だいにんき》のブランドのショップ。せりなが、このバッグを買《か》ったって、自慢《じまん》してたことがあるから知《し》ってる。

……って。また、せりなのことを思《おも》いだしてしまった。

みちるさんに手《て》をひかれて、お店《みせ》に入《はい》る。パステルカラーのかわいい店内《てんない》には、甘《あま》いお菓子《かし》みたいな、ガーリィな服《ふく》がたくさん。

それにしても、かわいいな……。ここのお洋服《ようふく》。

お店《みせ》の中《なか》には、あたしと同《おな》じ年《とし》ぐらいの女《おんな》の子《こ》がいっぱい。家族《かぞく》といっしょに、目《め》をきらきらさせて洋服《ようふく》を選《えら》んでいる。

どの子《こ》もみんなかわいいから、ここの洋服《ようふく》も余裕《よゆう》で着《き》こなせるんだろうな。

あたしはたぶん、無理《むり》だけど。

まんがのヒロインのファッションの参考《さんこう》になるかもと、服《ふく》をながめていたら。

「あっ」

すごくかわいいワンピースを見《み》つけてしまった。

オフホワイトに青《あお》い花《はな》の散《ち》った、上品《じょうひん》な柄《がら》。ウェストで切《き》り替《か》えたスカート部分《ぶぶん》はたっぷりフレアーで、やわらかくゆれるの。袖《そで》もふんわり絞《しぼ》ってあって、すごく甘《あま》い雰囲気《ふんいき》。

せりなだったら……。すごくにあうんだろうな。

ため息《いき》をついて、棚《たな》にもどそうとしたら。

「かわいい！　それ！」

「み、みちるさん！」

「この黄色《きいろ》いカーデがぴったりじゃない」

みちるさんは、ワンピースにパールみたいなボタンのならんだカーデを合《あ》わせて、満足《まんぞく》げにうなずいた。

「着《き》てみたら？　千歌《ちか》ちゃん。気《き》に入《い》ったんでしょ？」

「で、でも」

「気《き》になってたの。千歌《ちか》ちゃん、本当《ほんとう》はこういう服《ふく》も着《き》てみたいんじゃないのかな、って。いろんな服《ふく》を見《み》てまわって、本当《ほんとう》に興味《きょうみ》なさそうだったら、無理《むり》にすすめないでおこうって思《おも》ってたけど」

「みちるさん……」

「この服《ふく》を見《み》たときの千歌《ちか》ちゃん。目《め》が、きらっとかがやいていたから」

「……でも。あたし、無理《むり》だよ」

花柄《はながら》のワンピと黄色《きいろ》いカーデを、じっとみつめる。

「だいじょうぶ！　千歌《ちか》ちゃんは、かわいいよ」

みちるさんは、あたしのほおを、両手《りょうて》でそっとはさんだ。

「わたしの娘《むすめ》は、世界一《せかいいち》かわいいんだから！」

にーっと、笑《わら》う。

しなやかであたたかい、みちるさんの手《て》。

「じゃあ。あたし……。ためしに、着《き》てみる」

少《すこ》しだけ、勇気《ゆうき》をだしてみようかな。

みちるさんは、「そうこなくっちゃ」と指《ゆび》を鳴《な》らした。

試着室《しちゃくしつ》で、ワンピースにそでを通《とお》す。なんだか足《あし》もとがふわふわするよ。

だって。世界一《せかいいち》かわいい、だなんて。娘《むすめ》、だなんて。みちるさんってば……。

「サイズはどう？　千歌《ちか》ちゃん」

試着室《しちゃくしつ》の外《そと》から、みちるさんの声《こえ》がして、思《おも》わず、どきっとしてしまった。

「ぴ、ぴったりだよ」

サイズはばっちり。だけど……。姿見《すがたみ》にうつった自分《じぶん》は、まるで自分《じぶん》じゃないみたい。

こんなに女《おんな》の子《こ》っぽいかっこうしたの、たぶん七五三《しちごさん》以来《いらい》だよ。そわそわして、落《お》ちつかない。

「どう？　見《み》てもいい？」

聞《き》かれて、あたしは、試着室《しちゃくしつ》のカーテンを、しゃっとあけた。

「わあっ！　かわいい！　にあう〜！」

みちるさんがはなやいだ声《こえ》をあげた。

「ほんとに？　ほんとににあう？」

「もちろん！」

これもね、と、みちるさんは白《しろ》いニットベレーをあたしにかぶせた。ふわふわの、大《おお》きなポンポンがついてる。

「みんなにも見《み》せたいな〜。そうだ！　せっかくだから、このかっこうのままでディナーにいきましょうよ！」

「えっ」

決定《けってい》ね、と、みちるさんはウインクすると、店員《てんいん》さんを呼《よ》んで、お会計《かいけい》をすませた。

服《ふく》を着《き》たままタグを切《き》ってもらい、もとの服《ふく》はショップの紙袋《かみぶくろ》に入《い》れてもらった。

あたし……。ほんとにへんじゃない？

渚《なぎさ》くんに笑《わら》われたりしないかな……。

14・ひかりかがやく、とくべつな夜《よる》

パパが予約《よやく》していたレストランで、男子《だんし》チームと合流《ごうりゅう》。

ビュッフェスタイルの、イタリアンレストラン。ゆったりとした店内《てんない》に、しずかな音楽《おんがく》がかかっている。明《あか》るすぎない、やわらかいオレンジ色《いろ》の照明《しょうめい》が、なんだかオトナの雰囲気《ふんいき》。

席《せき》について、どきどきしながら、コートを脱《ぬ》いだ。

するとすぐに、パパが、

「千歌《ちか》〜！　どうしたんだ、そのかっこう。かわいいじゃないか〜」

と、目《め》をまるくした。

そんなに大《おお》きな声《こえ》で……。はずかしいよ。

「へえ。そういう服《ふく》も、にあうね」

と、悠斗《ゆうと》くんもにっこり。ますますあたしはちぢこまってしまう。

悠斗《ゆうと》くんはやさしいから、あたしを傷《きず》つけないように、そんなおせじも言《い》ってくれるけど。

渚《なぎさ》くんは。

なんにも言《い》わない。それどころか、あたしと目《め》が合《あ》いそうになると、あからさまにそらした。

どうせあたしなんか、せりなにくらべたら、ぜんぜんかわいくないもんね。

ちょっとおしゃれしたぐらいじゃ、ぜんぜんかなわない。

わかってたけど、そんな態度《たいど》とられたら、落《お》ちこんでしまうよ。

こうなったら、とことん食《た》べてやる。

パスタとピッツァ、メインのお肉料理《にくりょうり》はオーダーして、ほかの料理《りょうり》や飲《の》み物《もの》は、各自取《かくじと》りにいく。

あたしはもくもくと食《た》べた。

渚《なぎさ》くんも、もくもくと食《た》べている。

「ふたりとも、そんなにおなかすいてたの？　ひとこともしゃべらないし」

みちるさんが苦笑《くしょう》している。

お皿《さら》があいたから、つぎの料理《りょうり》を取《と》りに、席《せき》を立《た》った。

さっぱりしたものを食《た》べたくて、フルーツを盛《も》っていると。

渚《なぎさ》くんもきた。クリスマス特別《とくべつ》メニューの、ローストビーフのサラダをお皿《さら》に山盛《やまも》りにして、べつのお皿《さら》にはデザートのケーキをのせている。

あたしもケーキを取《と》った。渚《なぎさ》くんと目《め》が合《あ》う。

「千歌《ちか》。さっきから、なにか怒《おこ》ってる？」

聞《き》かれて、首《くび》を横《よこ》にふった。

渚《なぎさ》くんはなにも悪《わる》くない。ただ、あたしが勝手《かって》にがっかりしているだけ。

「渚《なぎさ》くんこそ。すっごくふきげんそうに見《み》えるんだけど」

「……んなこと、ねーよ。ただ」

「ただ？」

「なんか、調子《ちょうし》くるうっていうか。この間《あいだ》から」

ぼそっとつぶやくと、あたしをちらっと見《み》た。

どきん、と胸《むね》が鳴《な》る。

すると渚《なぎさ》くんは、あたしのカーディガンの、腕《うで》のあたりの生地《きじ》を、くいっとつまんだ。

「料理《りょうり》が美味《うま》いからって、あんまり食《く》いすぎるなよ。新《あたら》しい服《ふく》が破《やぶ》れても知《し》らねーぞ」

「……！　なによそれっ！」

むっかー！

渚《なぎさ》くんは、にいっとほほえんだ。

調子《ちょうし》くるうって、なによ！　いつもの意地悪《いじわる》な渚《なぎさ》くんじゃん！

あーあ。ほんっと、あたしってばかみたい。

渚《なぎさ》くん。せりなにも、ほかの女《おんな》の子《こ》にも、こんな意地悪《いじわる》なこと言《い》わないんだろうな。


「うう……。おなか、はちきれそう」

レストランをでて、よろよろと歩《ある》く。あれから、落《お》ちこみそうになった気持《きも》ちをごまかすために、さらにもりもりと食《た》べつづけて。結果《けっか》、おなかがぱんぱんに……。

「だいじょうぶ？　千歌《ちか》ちゃん。中央広場《ちゅうおうひろば》まで歩《ある》ける？」

みちるさんがあたしの顔《かお》をのぞきこんだ。

「広場《ひろば》？　駐車場《ちゅうしゃじょう》じゃなくって？」

中央広場《ちゅうおうひろば》は、ここから少《すこ》し歩《ある》いた先《さき》にある、大《おお》きな公園《こうえん》。大《おお》きな木々《きぎ》もたくさんあるし、水路《すいろ》や噴水《ふんすい》もあって、夏場《なつば》は小《ちい》さな子《こ》どもたちが水遊《みずあそ》びをしている。そんな、いこいの場所《ばしょ》。

みちるさんとパパは顔《かお》を見合《みあ》わせて、いたずらっぽい笑《え》みをうかべた。

「いいものがあるのよ。千歌《ちか》ちゃんが元気《げんき》なら、よっていこうかなって思《おも》うんだけど」

「いきたい！」

即答《そくとう》した。おなかは苦《くる》しいけど、車《くるま》にもどったら、この夜《よる》が終《お》わってしまう。ずっと心待《こころま》ちにしていた、イブの夜《よる》が。

「わあっ……！」

広場《ひろば》につくなり、あたしは息《いき》をのんだ。

広場《ひろば》のぐるりをとりかこむ木々《きぎ》が、青白《あおじろ》くひかりかがやいている。まるで、宝石《ほうせき》をちりばめたみたい。

「クリスマス前《まえ》から年始《ねんし》にかけて、ライトアップされるんだよ。今年《ことし》からはじまったんだ」

パパは得意《とくい》げだ。

なんてすてきな、クリスマス・イルミネーション。

木々《きぎ》がまとったたくさんのひかりの粒《つぶ》が、水路《すいろ》に反射《はんしゃ》して、ゆらめいている。

あたしたちは、幻想的《げんそうてき》なひかりの中《なか》を、ゆっくりと歩《ある》いた。

広場《ひろば》の真《ま》ん中《なか》にある大《おお》きな噴水《ふんすい》もライトアップされて、まるでひかりのシャワーみたい。

だけど、やっぱりまだおなかが苦《くる》しくて、あたしは噴水《ふんすい》の前《まえ》のベンチに腰《こし》をおろした。

パパとみちるさんは、夢中《むちゅう》でイルミネーションの写真《しゃしん》をとっている。悠斗《ゆうと》くんも、しずかにもの思《おも》いにふけりながら、またたくひかりをながめている。

「だから食《く》いすぎるなって言《い》ったのに」

声《こえ》がして、顔《かお》をあげる。渚《なぎさ》くんだ。

渚《なぎさ》くんは、あたしのニットベレーのポンポンのうえに、ぽふっと手《て》をおいた。

「うさぎのしっぽみてえだな、これ」

「どうせ、あたしにはにあわないって思《おも》ってるんでしょ」

自分《じぶん》の心臓《しんぞう》の音《おと》が、どきどきとうるさくて。ごまかすみたいに、あたしはそんなことを言《い》って、顔《かお》をそらした。

「にあわないとか、ひとことも言《い》ってねーだろ？」

渚《なぎさ》くんは、あたしのとなりにすわった。

たくさんのカップルが、ひかりをまとった木々《きぎ》の中《なか》を、うっとりしながら歩《ある》いているのが見《み》える。

みんな、幸《しあわ》せそう。

あたしだって幸《しあわ》せだよ。たとえ、渚《なぎさ》くんの彼女《かのじょ》になれなくても。渚《なぎさ》くんがほかの女《おんな》の子《こ》とつきあっても。こんなロマンチックな夜《よる》に、ふたりでベンチにすわって、きらめくひかりをみつめている。

これ以上望《いじょうのぞ》んだら、きっと、バチが当《あ》たる。

だけど。

「悪《わる》くないんじゃねーの？」

ふいに、渚《なぎさ》くんがそんなことを言《い》った。

「悪《わる》くないって、なにが？」

「な、なにが、って。その、うさぎの帽子《ぼうし》とか。その……」

もそもそとつぶやくと、渚《なぎさ》くんは、わしわしと片手《かたて》で自分《じぶん》の髪《かみ》をかきまぜた。

「なんでもねーよ」

ふうっと、ため息《いき》をつく。

その息《いき》は、ふわりと白《しろ》くふくらんで、冬《ふゆ》の夜《よる》に溶《と》けていって。

渚《なぎさ》くんの大《おお》きな瞳《ひとみ》は、ひかりをうつしてきらきらしていて。

胸《むね》が、ぎゅっと苦《くる》しくなる。

ずっとずっと、いちばん近《ちか》くでみつめていたい。

やっぱり、知《し》りたいよ。渚《なぎさ》くんの気持《きも》ちを。

「渚《なぎさ》くん」

あたし、どきどきしている。

「藤宮《ふじみや》さんと、つきあうの？」

どんなに、こわくても。聞《き》かずにはいられない。

渚《なぎさ》くんは、目《め》を大《おお》きく見《み》ひらいた。

「なんで、それ……」

「……藤宮《ふじみや》さんに、聞《き》いたんだ」

そう言《い》うと、渚《なぎさ》くんは、観念《かんねん》したように、大《おお》きな息《いき》をはいた。

「つきあわねーよ」

しずかに、こたえる。

「だれともつきあわない」

噴水《ふんすい》の、水《みず》の音《おと》が、たえまなくひびいている。

「おれはまだ、つきあう、とか、そういうのがよくわからない」

「わからなくてもいい、って。藤宮《ふじみや》さんは」

あたしの声《こえ》は、かすれていた。

渚《なぎさ》くんに気持《きも》ちをつたえたときの、せりなのせつなくうるんだ瞳《ひとみ》を思《おも》いだす。

ふだん、あんなに気《き》が強《つよ》い子《こ》が、かぼそく折《お》れそうになっていた。

だけど、すごく、ひたむきだった。

あんなふうに告白《こくはく》されたら、あたしだったら、きっと……。

「それじゃダメだと思《おも》ったんだよ」

渚《なぎさ》くんは、きっぱりとそう言《い》った。

「わからないのに、ハンパに気持《きも》ちにこたえるのは、失礼《しつれい》だと思《おも》った。あいつのことはきらいじゃないけど、本当《ほんとう》に好《す》きかって言《い》われたら、ちがう気《き》がして」

「本当《ほんとう》の、好《す》き」

あたしは、かみしめるように、つぶやいた。

「渚《なぎさ》くんにとって、『本当《ほんとう》の、好《す》き』って。なに？」

渚《なぎさ》くんの瞳《ひとみ》を、じっとみつめる。

渚《なぎさ》くんも。目《め》をそらさずに、あたしの目《め》をみつめかえしてくる。

ひかりを浴《あ》びた噴水《ふんすい》の、たくさんの水《みず》の粒《つぶ》が、きらきらとはねている。

と。突然《とつぜん》、視界《しかい》が真《ま》っ暗《くら》になった。

「ひゃっ」

びっくりして、小《ちい》さくさけんでしまう。

渚《なぎさ》くんが、いきなり、あたしのニットベレーを、ぐいっとさげたんだ。

視界《しかい》がふさがれて、なにも見《み》えない。

「……知《し》らねーよ」

ぶっきらぼうにつぶやく声《こえ》が、聞《き》こえた。

「おまえは、知《し》ってんの？　そういう気持《きも》ち」

どきどき。どきどき。どきどき……。

どうしようもなく胸《むね》が鳴《な》って。苦《くる》しくて。

まるで、からだぜんぶが心臓《しんぞう》になっちゃったみたいで。

なにもこたえられない。

渚《なぎさ》くんはあたしのニットベレーから手《て》を離《はな》した。

あたしは、うつむいて、乱《みだ》れた前髪《まえがみ》を直《なお》した。

「っていうかさ。おまえのほうこそ。あの、6年《ねん》のまんが家《か》と」

渚《なぎさ》くんが、いきなりそんなことを言《い》いだしたから。あたしは、おどろいて顔《かお》をあげた。

「せ、先輩《せんぱい》のことは、あたし、とっくにことわってるから」

「でも、あいつのほうはこりてない感《かん》じだったけど」

渚《なぎさ》くんは、わずかに顔《かお》をしかめた。

「藤宮《ふじみや》といい、あの6年《ねん》といい。なんでおれに、あんなことばっか聞《き》いてくるんだろうな」

あんなこと、って。

あたしのことを、本当《ほんとう》はどう思《おも》ってるのか、っていう質問《しつもん》。……だよね。

「……調子《ちょうし》くるうし」

聞《き》こえるか、聞《き》こえないかぐらいの。かすかな声《こえ》でつぶやくと、渚《なぎさ》くんは、ベンチから立《た》ちあがった。

あたしも、あわてて立《た》ちあがる。
夜《よる》の空気《くうき》は氷《こおり》のように冷《ひ》えていた。指先《ゆびさき》もかじかんで、痛《いた》いぐらい。
だけど、ほおはほてって、熱《あつ》い。
どうしよう。あたし、きっと赤《あか》くなっている。
「渚《なぎさ》ー。千歌《ちか》ー。そろそろ、帰《かえ》ろうかー」
パパが呼《よ》んでいる。
はーいと返事《へんじ》をして、渚《なぎさ》くんとふたりで、みんなのもとへむかった。
渚《なぎさ》くん。あたしは、知《し》ってるよ。
「本当《ほんとう》の、好《す》き」を。
渚《なぎさ》くんが教《おし》えてくれたの。
渚《なぎさ》くんに笑《わら》っていてほしい。そばにいたい。ひとりじめしたい。
だれよりも、たいせつ。
そんな言葉《ことば》じゃたりない。ぜんぜん、たりない。
あたしの細胞《さいぼう》ぜんぶが、渚《なぎさ》くんのことを、「好《す》き！」ってさけんでるんだよ。
そんなことを考《かんが》えていたら。

いきなり足《あし》がもつれて、あたしはころんでしまった！

「マジで、そそっかしーな。おまえ」

渚《なぎさ》くんがしゃがんで、あたしの手《て》を引《ひ》いて立《た》ちあがらせた。

ひんやりと冷《つめ》たい、手《て》。あたしのよりひとまわり大《おお》きい、渚《なぎさ》くんの手《て》。

渚《なぎさ》くん。

渚《なぎさ》くんにも、いつか、「本当《ほんとう》の好《す》き」が、わかる日《ひ》がくるの……？

「本当《ほんとう》に好《す》き」な人《ひと》が、あらわれる日《ひ》がくるの……？

「渚《なぎさ》くん、あたし」

「……ん？」

そのとき。

さあっと、イルミネーションのひかりが、青《あお》い色《いろ》からオレンジ色《いろ》のひかりへと変《か》わった。

木々《きぎ》のまとったひかりも。噴水《ふんすい》をライトアップしているひかりも。

ぜんぶ、あたたかい色《いろ》に変《か》わって、そして、ゆっくりとまたたきはじめる。

「すげー、きれいだな」

渚《なぎさ》くんが笑《わら》っている。

「……うん」

ひかりかがやく、とくべつな夜《よる》。

思《おも》わずあふれだしそうになった、渚《なぎさ》くんへの「好《す》き」を。

あたしは、もう一度《いちど》、自分《じぶん》の胸《むね》の奥《おく》にとじこめた。

第《だい》5巻《かん》へつづく

あとがき

こんにちは！　夜野《よるの》せせりです。

「渚《なぎさ》くんをお兄《にい》ちゃんとは呼《よ》ばない」シリーズ4巻目《かんめ》、いかがでしたか？

千歌《ちか》ちゃんの最大《さいだい》のライバルにして、クラスの女子《じょし》のボスであるせりなと、ついに直接対決《ちょくせつたいけつ》です。

書《か》きながら、「千歌《ちか》ちゃんがんばれ～！　でも、せりなにもがんばってほしいな～」と、作者《さくしゃ》の私《わたし》は手《て》に汗《あせ》にぎっておりました。

そしてそして。今回《こんかい》はクリスマスの話《はなし》でもありました。

クリスマスといえば……。あれは、中学《ちゅうがく》2年生《ねんせい》の冬《ふゆ》。友達《ともだち》の家《いえ》でクリスマス会《かい》をすることになり、私《わたし》ははりきってケーキを焼《や》いたんです。

しかし、どこで手順《てじゅん》を間違《まちが》えたのか、スポンジがゴムのように固《かた》くなってしまって。

クリームを塗《ぬ》り、フルーツを盛《も》ってごまかそうとしたんですが、まったくごまかせず。当《あ》たり前《まえ》ですね。

私《わたし》のケーキを見《み》て、「おいしそう！　すごい！」とほめてくれた友達《ともだち》も、いざ食《た》べ始《はじ》めると、ひたすら無言《むごん》……。なにかの罰《ばつ》ゲームみたいでした。ごめんね。

お菓子作《かしづく》りは、難《むずか》しいんですよ！

砂糖《さとう》と塩《しお》を間違《まちが》えて、超《ちょう》しょっぱいクッキーを焼《や》いてしまったこともあります（私《わたし》がそそっかしいだけですね……！）。

私《わたし》のうっかり話《ばなし》はこのぐらいにしておいて、渚《なぎさ》くんたちの話《はなし》に戻《もど》ります。

夏休《なつやす》みからいっしょに暮《く》らしはじめた、千歌《ちか》ちゃんと渚《なぎさ》くんですが。ぶじ2学期《がっき》も終《お》わり、冬《ふゆ》休《やす》みに突入《とつにゅう》です。

冬休《ふゆやす》み、ふたりにはいったい何《なに》が起《お》こるんでしょう……？

つづきを、楽《たの》しみに待《ま》っていてくださいね！

夜野《よるの》せせり

★夜野先生《よるのせんせい》へのお手紙《てがみ》はこちらに送《おく》ってください。
〒101―8050　東京都《とうきょうと》千代田区《ちよだく》一《ひと》ッ橋《ばし》2―5―10
集英社《しゅうえいしゃ》みらい文庫編集部《ぶんこへんしゅうぶ》　夜野《よるの》せせり先生《せんせい》

ちかちゃんも せりなちゃんも
みんなにがんばって
ほしいです!!(;_;)
みんな かわいい!!
ありがとうございました!!!
森乃 なっぱ♡

集英社みらい文庫

渚《なぎさ》くんを お兄《にい》ちゃんとは呼《よ》ばない

～あたしだって好《す》き～

夜野《よるの》せせり 作
森乃《もりの》なっぱ 絵

ファンレターのあて先
〒101-8050 東京都千代田区一ツ橋2-5-10 集英社みらい文庫編集部
いただいたお便りは編集部から先生におわたしいたします。

2018年11月27日 第1刷発行
2018年12月16日 第2刷発行

発行者 北畠輝幸
発行所 株式会社 集英社
〒101-8050 東京都千代田区一ツ橋2-5-10
電話 編集部 03-3230-6246
読者係 03-3230-6080
販売部 03-3230-6393(書店専用)
http://miraibunko.jp

装 丁 AFTERGLOW
中島由佳理
印 刷 図書印刷株式会社 凸版印刷株式会社
製 本 図書印刷株式会社

★この作品はフィクションです。実在の人物・団体・事件などにはいっさい関係ありません。

ISBN978-4-08-321472-1 C8293 N.D.C.913 186P 18cm

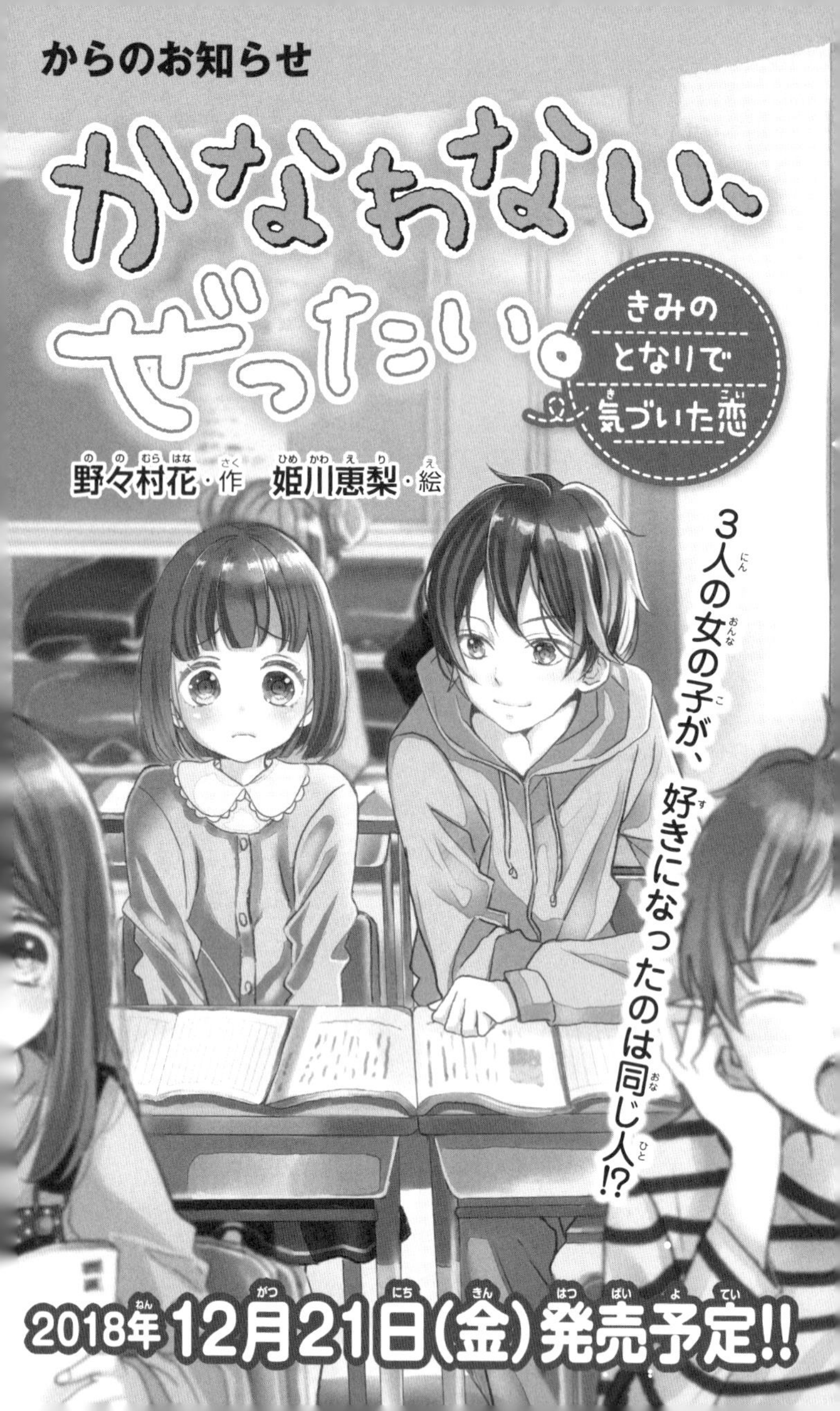
からのお知らせ
かなわない、ぜったい。
きみのとなりで気《き》づいた恋《こい》
野々村花《ののむらはな》・作《さく》
姫川恵梨《ひめかわえり》・絵《え》
3人《にん》の女《おんな》の子《こ》が、好《す》きになったのは同《おな》じ人《ひと》!?
2018年《ねん》12月《がつ》21日《にち》(金《きん》)発《はつ》売《ばい》予《よ》定《てい》!!

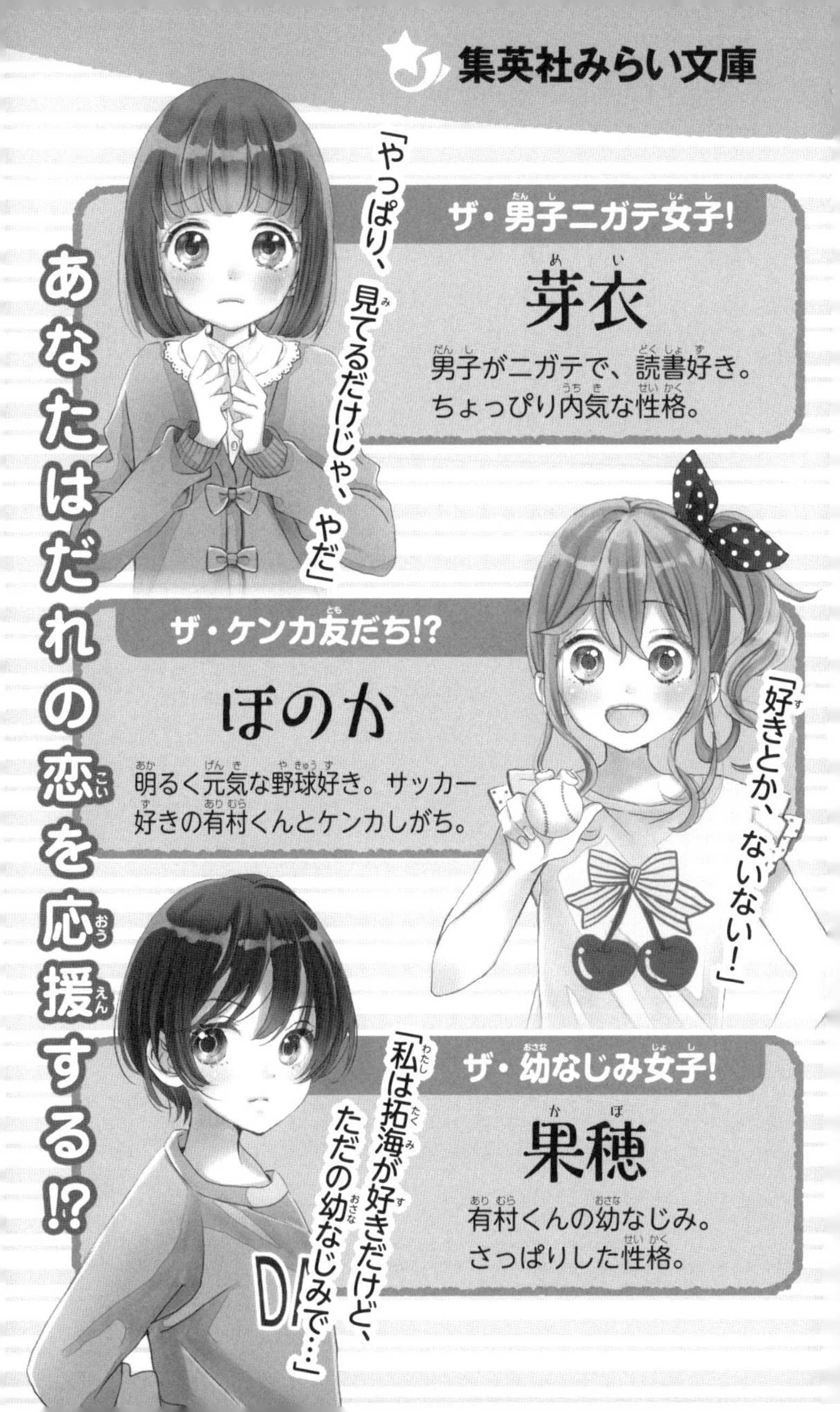
集英社みらい文庫
あなたはだれの恋《こい》を応《おう》援《えん》する!?
「やっぱり、見《み》てるだけじゃ、やだ」
ザ・男子《だんし》ニガテ女子《じょし》!
芽衣《めい》
男子《だんし》がニガテで、読書好《どくしょず》き。
ちょっぴり内気《うちき》な性格《せいかく》。
ザ・ケンカ友《とも》だち!?
ほのか
明《あか》るく元気《げんき》な野球好《やきゅうず》き。サッカー
好《ず》きの有村《ありむら》くんとケンカしがち。
「好《す》きとか、ないない!」
「私《わたし》は拓海《たくみ》が好《す》きだけど、ただの幼《おさな》なじみで…」
ザ・幼《おさな》なじみ女子《じょし》!
果穂《かほ》
有村《ありむら》くんの幼《おさな》なじみ。
さっぱりした性格《せいかく》。

「みらい文庫《ぶんこ》」読者《どくしゃ》のみなさんへ

言葉《ことば》を学《まな》ぶ、感性《かんせい》を磨《みが》く、創造力《そうぞうりょく》を育《はぐく》む……、読書《どくしょ》は「人間力《にんげんりょく》」を高《たか》めるために欠《か》かせません。

たった一枚《いちまい》のページをめくる向《む》こう側《がわ》に、未知《みち》の世界《せかい》、ドキドキのみらいが無限《むげん》に広《ひろ》がっている。

これこそが「本《ほん》」だけが持《も》っているパワーです。

学校《がっこう》の朝《あさ》の読書《どくしょ》に、休《やす》み時間《じかん》に、放課後《ほうかご》に……。いつでも、どこでも、すぐに続《つづ》きを読《よ》みたくなるような、魅力《みりょく》に溢《あふ》れる本《ほん》をたくさん揃《そろ》えていきたい。読書《どくしょ》がくれる、心《こころ》がきらきらしたり胸《むね》がきゅんとする瞬間《しゅんかん》を体験《たいけん》してほしい、楽《たの》しんでほしい。みらいの日本《にほん》、そして世界《せかい》を担《にな》うみなさんが、やがて大人《おとな》になった時《とき》、「読書《どくしょ》の魅力《みりょく》を初《はじ》めて知《し》った本《ほん》」「自分《じぶん》のおこづかいで初《はじ》めて買《か》った一冊《いっさつ》」と思《おも》い出《だ》してくれるような作品《さくひん》を一所懸命《いっしょけんめい》、大切《たいせつ》に創《つく》っていきたい。

そんないっぱいの想《おも》いを込《こ》めながら、作家《さっか》の先生方《せんせいがた》と一緒《いっしょ》に、私《わたし》たちは素敵《すてき》な本作《ほんづく》りを続《つづ》けていきます。「みらい文庫《ぶんこ》」は、無限《むげん》の宇宙《うちゅう》に浮《う》かぶ星《ほし》のように、夢《ゆめ》をたたえ輝《かがや》きながら、次々《つぎつぎ》と新《あたら》しく生《う》まれ続《つづ》けます。

本《ほん》を持《も》つ、その手《て》の中《なか》に、ドキドキするみらい――。

本《ほん》の宇宙《うちゅう》から、自分《じぶん》だけの健《すこ》やかな空想力《くうそうりょく》を育《そだ》て、〝みらいの星《ほし》〟をたくさん見《み》つけてください。

そして、大切《たいせつ》なこと、大切《たいせつ》な人《ひと》をきちんと守《まも》る、強《つよ》くて、やさしい大人《おとな》になってくれることを心《こころ》から願《ねが》っています。

2011年《ねん》　春《はる》

集英社《しゅうえいしゃ》みらい文庫編集部《ぶんこへんしゅうぶ》